魏微
小传

这些年来，魏微一直处于"漂泊"之中：从南京到北京，再到广州，基本是在国际大都市度过的。

魏微成长的地方是个县城，迄今仍有家人住在那里，父母、弟弟，还有宅院、旧家具。每隔一两年，魏微都要回去看看，住上十几天，"就像一个客人"。文学上把这个地方称作"故乡"。

"乡村"在中国文学字典里是个重要词汇，魏微认为，"因为我出生在这里，我的父族得到过它的滋养，我的爷爷奶奶葬于此，我家族的大部分穷亲戚都在这里落地生根，长睡不醒……推己及人，我愿意得出一个结论：乡村是全体中国人的故乡。它与现代中国人的关系，或许不都是亲历，然而比亲历更重要，那就是血肉相连，一脉相承，生生不息"。

魏微在这里列下这三个地方，认为它囊括了一个广阔的文学空间，"我们身处其中，或欢乐开怀，或黯然神伤；是缘于今年我回家过年，从广州到南京，再从南京回到家乡小城，沿途经过不知名的乡镇、村庄，看到冬天的杨树像风一样从车窗外掠过，知道我对这些地方从来就充满感情，知道它们是我的，然而我于它们却是陌生人；看到一车厢的人，和我一样风尘仆仆……我喜欢他们，亦知道自己其实是个局外人"。

魏微愿意把这些视为她的写作资源，那就是身处其中，游离其外，对这个熟稔的世界怀有爱、新鲜和好奇。

二十余年，魏微已出版著作二十余部。曾获第三届鲁迅文学奖、第九届华语文学传媒大奖、第十届庄重文文学奖、第四届冯牧文学奖等。

总主编　何向阳

本册主编　孟繁华

百年
中篇
小说
名家
经典

BAINIAN
ZHONGPIAN
XIAOSHUO
MINGJIA JINGDIAN

魏微　著

JIA
家

DAO
道

河南文艺出版社
·郑州·

一种文体与
一百年的民族记忆

何向阳 （丛书总主编）

自 20 世纪初,确切地说,自 1918 年 4 月以鲁迅《狂人日记》为标志的第一部白话小说的诞生伊始,新文学迄今已走过了百年的历史。百年的历史相对于古老的中国而言算不上悠久,但 20 世纪初到 21 世纪初这个一百年的文化思想的变化却是翻天覆地的,而记载这翻天覆地之巨变的,文学功莫大焉。作为一个民族的情感、思想、心灵的记录,从小处说起的小说,可能比之任何别的文体,或者其他样式的主观叙述与历史追忆,都更真切真实。将这一百年的经典小说挑选出来，放在一起，或可看到一个民族的心性的发展，而那可能被时间与事件遮盖的深层的民族心灵的密码，在这样一种系统的阅读中，也会清晰地得到揭示。

所需的仍是那份耐心。如鲁迅在近百年前对阿Q的抽丝剥茧，萧红对生死场的深观内视，这样的作家的耐心，成就了我们今天的回顾与判断，使我们——作为这一古老民族的每一个个体，都能找到那个线头，并警觉于我们的某种性格缺陷，同时也不忘我们的辉煌的来路和伟大的祖先。

来路是如此重要，以至小说除了是个人技艺的展示之外，更大一部分是它对社会人众的灵魂的素描，如果没有鲁迅，仍在阿Q精神中生活也不同程度带有阿Q相的我们，可能会失去或推迟认识自己的另一面的机会，当然，如果没有鲁迅之后的一代代作家对人的观察和省思，我们生活其中而不自知的日子也许更少苦恼但终是离麻木更近，是这些作家把先知的写下来给我们看，提示我们这是一种人生，但也还有另一种人生，不一样的，可以去尝试，可以去追寻，这是小说更重要的功能，是文学家个人通过文字传达、建构并最终必然参与到的民族思想再造的部分。

我们从这优秀者中先选取百位。他们的目光是不同的,但都是独特的。一百年,一百位作家,每位作家出版一部代表作品。百人百部百年,是今天的我们对于百年前开始的新文化运动的一份特别的纪念。

而之所以选取中篇小说这样一种文体,也是出于这个原因。

中篇小说,只是一种称谓,其篇幅介于长篇小说和短篇小说之间,长篇的体积更大,短篇好似又不足以支撑,而介于两者之间的中篇小说兼具长篇的社会学容量与短篇的技艺表达,虽然这种文体的命名只是在 20 世纪的七八十年代才明确出现,但三四十年间发展迅速,其中的优秀作品在不同时期或年份涵盖长、短篇而代表了小说甚至文学的高峰,比如路遥的《人生》、张承志的《北方的河》、莫言的《透明的红萝卜》、韩少功的《爸爸爸》、王安忆的《小鲍庄》、铁凝的《永远有多远》等等,不胜枚举。我曾在一篇言及年度小说的序文中讲到一个观点,小说是留给后来者的"考古学",

它面对的不是土层和古物，但发掘的工作更加艰巨，因为它面对的是一个民族的精神最深层的奥秘，作家这个田野考察者，交给我们的他的个人的报告，不啻是一份份关于民族心灵潜行的记录，而有一天，把这些"报告"收集起来的我们会发现，它是一份长长的报告，在报告的封面上应写着"一个民族的精神考古"。

一百年在人类历史上不过白驹过隙，何况是刚刚挣得名分的中篇小说文体——国际通用的是小说只有长、短篇之分，并无中篇的命名，而新文化运动伊始直至70年代早期，中篇小说的概念一直未得到强化，需要说明的是，这给我们今天的编选带来了困难，所以在新文学的现代部分以及当代部分的前半段，我们选取了篇幅较短篇稍长又不足长篇的小说，譬如鲁迅的《祝福》《孤独者》，它的篇幅长度虽不及《阿Q正传》，但较之鲁迅自己的其他小说已是长的了。其他的现代时期作家的小说选取同理。所以在编选中我也曾想，命名"中篇小说名家经典"是否足以囊括，或者不如叫作"百年百人百部小说"，但如此称谓又是对短篇小说的掩埋和对长篇小说的漠视，还是点出

"中篇"为好。命名之事，本是予实之名，世间之事，也是先有实后有名，文学亦然。较之它所提供的人性含量而言，对之命名得是否妥帖则已显得不那么重要了。

值此新文化运动一百年之际，向这一百年来通过文学的表达探索民族深层精神的中国作家们致敬。因有你们的记述，这一百年留下的痕迹会有所不同。

感谢河南文艺出版社，感动我的还有他们的敬业和坚持。在出版业不免利益驱动的今天，他们的眼光和气魄有所不同。

2017 年 5 月 29 日　郑州

目录

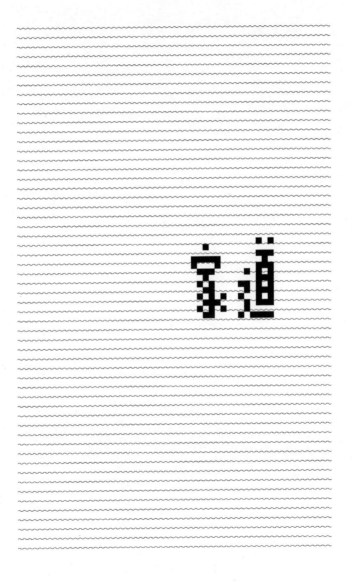

一

父亲出事以后，生活的重担就落在母亲一个人身上，其时她四十出头，我年方十九，正在大学里读书。父亲出事的当天，我没在现场，据母亲说，市委王伯伯打来电话，通知父亲参加一个重要会议，那是周末的一个晚上，夫妻俩正在吃饭——他们俩实在难得一起吃饭，因为父亲总是很忙。

王伯伯是市委秘书长，和我们家关系一向不错；我印象中他是个胖子，走路一阵风似的，说话却是慢吞吞的，而且最会敷衍小孩子，丫头长丫头短，问问你的成绩，摸摸你的小辫子——在我小时候，他常来家里走动，当然那时他还没有"入仕"，和父亲一起在中学里任教。

电话是我母亲接的，很多年后，她都不愿提起这一幕。她说，他怎么就做得出呢，他声音没有一点异样。

原来，那天晚上并没有什么会议，王伯伯受命设了个圈套，待父亲急匆匆地赶到市委招待所，看到门廊里转悠着几个便衣，会议室里端坐着几个"上面来的人"，他就明白是怎么回事了。父亲在被捕前是我们那地方的财政局长，俗称

"财神爷"。接下来的事情我就不多说了，无非是立案、审判，程序上的事我也不是很懂。父亲被判了八年，罪名是行贿受贿，这成了我们小城轰动一时的案件之一。

"轰动一时"是什么意思呢？说的是此案涉及面太广，不少省部级的大人物都被裹挟其中，相比之下，父亲的官阶卑微如草芥（他是处级），他不过是环环相扣中最不起眼的那一环，而且是顺手牵羊得到的"战利品"。

那么"之一"呢？说的是那些年，我们城总有一些官员落马，上自市委书记，下至银行行长、电视台台长……明白了吧，都是一些小城"要人"，媒体上的说法是"连挖几条蛀虫，百姓拍手称快"这一类的。其实我估计，百姓拍手称快也谈不上，因为这类事太多，在父亲出事的前后五六年间，每年总有人家在鬼哭狼嚎，也有死的，也有疯的，他们都是我母亲所说的"官宦阶层"。

我母亲很喜欢说政治术语，其实她于政治上并不很通，我也不通，但我至少不像她那么天真，比如在王伯伯打电话这件事上，她就很感"冷风彻骨"，其实，这有什么好心寒的呢？换了父亲，他也会这样做，他们不过是别人手里的一粒棋子，想把他们放到哪里就放到哪里，所不同的是，父亲很早就被吃了，而王伯伯笑到了最后。

王伯伯后来官运亨通，调至省城，升至副厅，现在应该是退休了，我想这也是常情，他本来就比父亲更适合当官。当官这件事，照我的理解，也有适合不适合的，就像有的人适合当诗人，有的人适合演戏，有的人适合练田径一样，我父亲适合当中学语文老师。

老天爷，你不知道我父亲的课上得多好，他是我们城里著名的四公子之一，尤以博览群书、出口成章著称，我没福成为他的学生，却有幸做了他的女儿。很多年后，我遇上他早年的一群学生，他们还跟我遥想起当年的小许老师是何等的风流秀雅，遥想起他带他们去野外踏青、吟诗作赋的情景，那是他们一生中的好时光。可是我想，那何尝不是父亲一生中的好时光呢？

父亲培养的学生中，有几个是"文革"后的第一批大学生，还有一些是考上北大清华的，有经商的、从政的、务农的……据我所知，父亲待他们一视同仁，我想那是因为他爱他们，其中，父亲尤其赞赏那些教书育人的，他说：教育，兴国之本啊！可是后来，他自己却八竿子打不着地当了个财政官员。

父亲的"发达"可能连他自己都没想到。很多年后，我还能记得我七岁那年的夏天，他坐在院子里，和一群学生在畅谈诗书、教育的情景。他穿白府绸衬衫、黑长裤，戴黑框眼镜，那样子也就是个读书人。他安于做一个读书人，我猜想，他也乐意把这种清高古朴的气息传递给他的学生；这气息隐隐伴随他一生，在他得意的时候，失意的时候……我现在想来直犯怵，不知父亲该怎样的身心分裂，因为无论"入仕"还是"入狱"，他身上的气息于这两处环境都是格格不入的。

我记得有一年冬天，那时他已是市委书记身边的红人，好像也熬到了市委办副主任这样的位子上。那天晚上，他大概是喝了点酒回家，脸色泛白，可是特别想说话，便把我从被子里摇起来，借故检查我的功课，说，给爸爸背两句《论语》。

我那年小学四年级，还没有学《论语》。

他说，那爸爸给你背。

他站在床边，摇头晃脑地就背了起来，像个学童一样。很多年后我都不能想起这一幕，因为想落泪，因为那天晚上他神色痴迷，实在背了些什么，他自己并不知道：那些字句已刻到他的记忆里，成了他的潜意识——因为那些字句于他已派不上用场。

即便后来做了不相干的财政局长，每天晚上他也必回书房坐上一会儿，那些线装书他早就不看了，取而代之的是经济、政治、现代企业管理这一类的书，摆在书橱最显要的位置，究竟这些书他看了没有，我也不知道。他整天忙得昏天黑地，恐怕也难得静下心来读点书。或许他也意识到，读书对于他这个行当，非但是无用的，反而是有害的？

很多年后，我父亲总结他失败的一生，得出一个结论：除了授课，别无用处。

那么现在，让我们把视线再转回那年夏天的午后，看看父亲和他的学生们，怎样坐在葡萄架底下，一边摇着芭蕉扇一边说笑的情景，这清寒、平静的时光所剩不多了——我父亲当时并不知道，早在两个月前，他的材料就被有关部门调走了，其时百废待兴，求贤若渴，正值提倡"干部年轻化、知识化"的春天，那也是父亲的春天啊，他三十四岁，英气勃发，因写得的一手好文章——《关于高中语文教学的几点思考》等——被组织部门看中了，说，这是个很好的干部人选嘛，先过来给领导写材料吧。

父亲就这样成了领导的秘书，开始了他短暂、疲惫的飞黄腾达之旅。

也就是这年夏天，我奶奶说，她看到一片紫云从我们家院子上空流过；紫云当然是吉祥之云了，我奶奶心想，莫非儿子就要走红运了？ 大太阳底下她把双手一合，咕哝了几声"阿弥陀佛""菩萨保佑"，一颗心跳得"咚咚"作响。

我父亲笑她的附会，因为紫云也流过别的人家了。

我奶奶说，那不管，谁看到了谁作数。

不管怎么说，我父亲的升迁给奶奶带来了极大的安慰，她只有这么一个儿子，每天烧香拜佛，为的就是让他升官、发财、养儿子（我父母只有我一个女儿）。

父亲的升迁也给我们家族带来了荣光。 我们许氏家族洋洋上百口人丁，几十年间很少出过官绅、秀才、有钱人，现在父亲一步登天，"把这些都占了"。 我有个堂爷爷颇有点见识，曾告诫父亲说：小心点，共产党的官可不是那么好做的！ 它既能抬你，就能灭你。

多年以后，这话竟成了谶语！

想必父亲在那年秋天也听到了这句谶语，但是他没往心里去。那年秋天，来家里贺喜的人络绎不绝，亲朋好友、近邻旧交……我们全家迎来送往，断断续续忙了一个多月，就连七岁的我也被当个人用了，端茶送水，偶尔也被支使出去买糖果糕点——我简直是满怀喜悦，一路飞奔跑到小卖店，再一路飞奔地跑回来，末了还不忘向母亲报账，我买的是最便宜的糖果。

全屋子的人都笑了。

就有人说，你很快就会吃上最贵的糖果了。

也有人把我拉进怀里，搓揉我的头发，捏捏我的小手，说，这丫头真漂亮，你看这双大眼睛，哎呀，真是可爱死了。

我也略微有些疑心，觉得人家是在奉承我——当时，我还不知道有"权力"这一说，可是我分明就看见了它在我父亲身上荡漾着、闪着光，我知道这是个好东西。我从七岁那年渐知人世，因为父亲的发达，把我卷进了一个纷繁嘈杂的群体，家里常常门庭若市，一群人走了，一群人又来了，正是从这一年开始，我额外得到太多人的疼爱关照，直到十二年后父亲入狱，一切戛然而止。

我从来没有责怪过这些人，这是真的；即便很多年后，我也记得当年的自己怎样沐浴在屋子的日光里，家里充满欢声笑语，简陋的客厅也蓬荜生辉。才七岁啊，可是我的心也因晓得感激而颤抖。 有那么一瞬间，我想我定是抬起了头，我要看看他们，他们的笑容，友善的眼神，嘴里喷出来的烟的气雾……直到今天，我仍感念他们给予我的欢乐尊严，他们坚持了十二年啊；只是我的喉咙现在涩得发疼。

那年秋天，我父亲坐在客厅里，接受各色人等的祝福，他架着腿，微笑着，他的态度几乎是谦卑的，破例很少说话了。 我想他一下子还不能适应。 我父亲很少觊觎什么，他出身寒门，一没有关系，二不走后门，况且他也是个老实人，暂时还没那么多的想象力。 至少在那年夏天，他坐在葡萄架下扯闲篇的时候，我们已注意到他恬淡无欲的表情，"穷则独善其身"，他在他的角色里深深地沉醉了。

可是突然一阵晴天霹雳，我父亲抬头看看天，简直忍不住要笑了。 嗯，他也想"达则兼济天下"了。

二

很多年后，当父亲刑满释放，拎着包裹走往回家的一条偏僻小路，当他看见夕阳、小草、野花；当他走累了，索性坐下来，回头看看身后的山峰、高墙、电线杆……这些孤寂的物件陪了他八年，重峦叠嶂的让他想起自己雾蒙蒙的一生！ 当他的眼睛掠过蓝天白云，终于能看到更久远的往事——他所经历的荣华富贵，以及他从荣华富贵中焐吸到的冬阳的温暖——我父亲闭了闭眼睛。 他后来跟我说，那一刻他脑子有点闷。

我父亲的脑子坏掉了，八年的牢狱生活使得他根本不在现实里。 人生的荒诞感其实在很多年前他从中学老师一跃而成为市委办秘书的时候，他就略微感觉到了；所以晚年的父亲常说，越想越觉得是一场梦啊！ 这几乎成了他的口头禅。

我也有种做梦的感觉，人世亦真亦幻，若不是亲身经历，恐怕很难有这种体会。 父亲永远也不会知道，在他身陷牢狱的那段日子里，我和母亲过着一种什么样的生活，对比过往的繁华，那不是荒诞又是什么呢？

我母亲是个很有身份感的女人，以前是一家工厂的会计，在父亲发达以后，她就辞了职，过起了相夫育子的官太太生活。 其实父亲的发达，最大的受益者就是我母亲，这使她的虚荣心得到了极大的满足，依我看，她的满足与其说来自物质，倒不如说是精神上的自尊自足。 我举个例子，在我们家门庭若市的那些日子里，由我母亲经手的小恩小惠总是有一些的，比如冰箱、彩电、洗衣机、照相机（这都是那个时代的奢侈品）……过年过节时我的压岁钱，全家的吃穿用度：羽绒衣、羊毛内衣、进口水果、乡下的土特产……

我们果真需要这些贿赂吗？ 需要也是需要的，但最让我母亲喜欢的，恐怕还不是这些物件本身，而是它背后所散发出的人世的光辉，这光辉里有整个的人情世故，使人忍不住就想回味叹息：送礼也需讲究的，话不能明说，但又不能不说；坐在富贵人家的客厅里，首先笑容就不能寒缩，言谈可以谄媚一些，但必须克制，否则就是下作了。 坐在富贵人家的客厅里，最讨巧的不是巴结奉迎，而是要跟这户人家的主妇取得联络，比如适当的时候，可以推心置腹，说说爱情、婚姻、孩子等诸多烦恼，说说烹饪和时装，当然了，要是熟了，那便是什么胡话都说得的，比如乡野趣闻、男盗女娼……

我记得好几次，我母亲坐在客厅里咯咯地笑，她是真的开心了。 权势人家的尊贵她想要，市井小民的粗鄙热闹她也喜欢，而这两者，在父亲当权的那些日子里，竟然有机地结合在一起，相得益彰。

不得不说，我母亲一生所能体味到的幸福全在这里了，它是欢乐、体面、尊严……你明白了吗，当她意识到自己高高在上，而又不惜屈尊，愿意平等待人；当她知道，自己的枕边风很有可能改善一个人乃至一个家庭的命运和境遇，我母亲的满足感油然而生。 于别人，她是一个有用的人，还有什么比这个让她活在世上更有滋味的呢？

我母亲绝不是个愚笨的女人，事实上她非常精明，对人世的转弯抹角处，她闭着眼睛都能安全通过，我父亲后来的发达，一部分也是由于她的督促携助。

她也不算贪婪，比如在受贿这件事上，她绝对知道哪些是非收不可的（否则就太不近人情了），哪些是可收可不收的，哪些是收了有危险的……她把眼风稍稍向上一抬，芸芸众生全在她脑子里流过。 为丈夫的仕途计，她一直都小心翼翼，也为他挡了不少事；适当的时候她也会回送一些小礼，这就有礼尚往来的意思了。

做官不是为了受贿，但做官躲不过受贿。一直以来，我母亲都以为，她已为丈夫找到了一条安全路径，所以对他后来的出局，她也只好感慨命运不济了。

我母亲所说的命运不济，是指父亲领导的犯事，很多年后，她还忍不住向我抱怨，黄雅明是真糊涂，他在官场混了那么多年，什么钱能收、什么钱不能收，什么人能交、什么人不能交，他怎么就没数了呢？他哪怕稍微小心点，你爸也不至于今天这样！

黄雅明是父亲从前的领导，以前是我们这里的市委书记，后来升任副省长去了。早些年，我曾在电视上见过他，一个高高瘦瘦的中年人，戴着眼镜，喜欢背着手，稍稍有点驼背。总之，他天生一副为官者的派头，表情严肃，性格果决，我至今还能记得，他发表电视讲话时的严厉口气，坐在主席台上，一拍桌子就站了起来。

还有他赶赴抗洪救灾第一线，穿着雨衣，双手掐腰站在河堤上。

或是大年初一，他率领四大班子成员驱车赶往乡下，给贫困户带来"党的温暖"，他坐在破旧的房舍里，膝上放着一个孩子，手拉着一个老太太的手，也不过是说些家常，问问收成怎样，家里有几口人，这时候，他亲切得就像这户人家的亲戚。

这些，我们都是从电视新闻里了解的。他所到之处，难免人头攒动，而他背着手，只是静静的。有那么一瞬间，这世上好像只剩下他一个人，而他的目光遍及四野，到处都是。总之，他向我们老百姓展示了一个官员所应该有的气魄和魅力，使我们唏嘘向往，使我们满足叹息。

有一次，我母亲竟在人群里看见了父亲，他穿着单衫，胳膊底下夹着一个公文包，在离黄书记不远的地方挤进挤出，忙得不亦乐乎。

我母亲喜得直推我，说，快看快看，你瞧你爸的样子，屁颠屁颠的。

可是镜头一闪而过，我竟错过了父亲"屁颠屁颠"的模样。那天晚上，我们全家莫名其妙都有些兴奋过度，想来父亲不过是人群中的一个，他的电视形象怕也未必好，忙得汗流浃背的，那样子也就一个小喽啰，然而我们都为他感到激动，就好像他挨着领导近，他身上总归也能沾上一点官气。

从此以后，我们全家定点收看电视新闻，只是我们再没看到父亲，看到的都是黄书记。

照实说呢，黄书记这人还是不错的，他虽然会做些官样文章，在我们这一带的声名却相当好，因为亲民，也毕竟做过一些实事。他在任五年，对国企、引进外资、安置下岗工人，都进行过卓有成效的改革，而这些，都是他的庸碌无为的前后任不能及的，可是他的前后任平安无事，他最后却死在了监狱里。

他被判了二十年。 由于他的东窗事发，一大群人被波及了，这些人多是他从前的部下或亲信，其中也包括我父亲。

他是得癌症死的。 他死的时候，我父亲还在服刑，当我们把听来的消息转告给父亲的时候，他舔了舔干燥的嘴唇，也没有说什么。

是啊，还有什么好说的呢，人世如此，直叫我们无言。

三

我奶奶死于父亲入狱三个月以后，享年六十八岁。 她本来就身子骨柔弱，咳咳嗽嗽总是难免的。 起先，我们把父亲的事向她瞒过了，只推说他去省里学习了，怎么着也要有半年才能回来。 她搭了我们一眼，也没有说什么。

她是何等敏感的老人，把什么都看在眼里了，可是她什么都不说；她不说，这事还留有余地，她一说，这事就成真的了。

她说，你不好好在学校待着，这时候跑回家干什么？

我嗫嚅道，回来搞社会实践。

那阵子，我和母亲都快疯了，因为父亲的量刑还没下来，我们不得不游走于一些显赫有权势的人家，他们多是父亲的旧交或老上级。 你可以想见，我们娘儿俩怎样徘徊于夜晚的街道上，或是孤零零地站在人家门口，为是否敲一敲门而犹豫不决。 这些都是朱门大户啊，曾经，我们也是他们的座上客，可是今天，我和母亲只感到自卑和巨大的压迫。

一切都变了。我不能想象当年的自己，寒寒缩缩地站在人家门口，那脸上一定有着贱民的表情，那是受了惊吓的、寒窘的、梦游一般的，既让人同情也使人厌烦的……若真如此，我想我一定会羞愧至死，落魄竟让人如此丑陋、没骨气！若非如此，我又很难理解这些人家为什么要从门缝里看我们，或是堵在门口朝我们讪讪地笑着。

我们也只好低头讪笑，抱歉地说道，那就不打扰了。

只有寥寥几户人家接待了我们，所谓接待，也不过是把我们让进客厅，劝慰两句，并未能帮上任何忙。其中一个潘伯伯，时任监察局局长，倒是和我们感慨了一通世事无常。我们听着，难免就要掉泪，既伤心，又觉得宽慰，又像一切离得很远，是在做梦。我们懵懵懂懂地坐在人家的客厅里，很小心地说一些话，心里有一种奇怪的飘飘忽忽的感觉，就连痛苦也不太能察觉，更像做梦了。

潘伯伯说，光明是跟错人了呀。

我母亲说，依你看，这事就没指望了？

潘伯伯叹口气说，现在风声那么紧，案子又大——

我母亲突然捂住脸，失声痛哭。她真是被吓着了。她说，我们家光明不会是死罪吧？

潘伯伯抬了抬眼睛，搭了她一眼。他虽然神色端正，然而我总感觉他脸上隐隐有笑意。他说，他是不是死罪，你应该清楚吧？

我母亲低了低眼睑，不说话了。我父亲的收入是笔糊涂账，我母亲虽精于算计，估计弄到最后她也糊涂了。后来母亲跟我说，老潘想套我的话，你发现没有？——她哧的一声发出冷笑：我还奇怪了呢，这个点上他倒不避嫌疑了，还有头有脸地把我们请进客厅，原来是跟我玩这套！

我听了，也不知该说什么。我母亲现在草木皆兵，她不再相信任何人了，对整个世界她都怀有芥蒂和提防。那阵子，她隔三岔五就被纪检部门传唤，我能想象，她被关在一个小房间里，头顶的日光灯发出刺眼的光，有时一坐就是一天、一夜、两夜，有时是她一个人，有时会进来一些人，问她一些话，他们都和颜悦色的，说，没关系，你再好好想想，我们有的是时间。

可是我母亲始终不说话，她抬头眯了他们一眼，她的眼神都是直的。待她出来的时候，看见满世界的青天白日，她整个人差不多也要摇晃了。我想，那时她已经到了精神的临界点，父亲的案子再不判，她可能就要崩溃了。可是她也有神志清明的一瞬间，她跟我说，你放心，你爸不会有大事的，最多判个五六年，我有数的。

我哭道，你就什么都招了吧，既然爸没事，你何苦要受这份罪？

她看了我一眼，竟然奇怪地笑了一声。她说，总有一天我会说的，但不是现在，我不想让他们过早称心如意。

我吃惊地看着她，不能想象她把眼睛看向空气时，心里到底在想些什么。 那是一张平静到呆板的脸，几乎没有表情；若是附会一点，我可以说，她的神情是硬的，里头有恨；然而我不愿意这么说，因为这些东西是看不出来的。

我问，爸到底行贿了没有？ 他贪污了多少？

她又笑了。 很奇怪，那天我们娘儿俩的密谈，有点像说家常，两人都心平气和的，虽然这事性命关天，也涉及一个家庭的盛衰成败；所以我总相信，人在极端压抑、困顿的情况下，并不都是愁苦绝望的，某一瞬间，他们也会获得解放，身心悠远平静，那几乎可以达到"道"的境界了。

我母亲说，说你傻吧，你还真就傻了。 入了这行当的，有几个是干净的，谁敢说自己是清白的，从来没拿过人一分钱，从来不送礼，从来不收礼，谁敢说？ 也就是量多量少、漏网不漏网罢了。

我问，那爸到底量多量少啊？

我母亲说，也就那么回事吧，只要盯上你了，几百块钱还能立案呢！ 再说了，你爸这人，你又不是不知道，胆子小得很，就他那么一窝囊废，让他给黄雅明送点美金，他还推三挡四，送了半年也没送得出去。

送美金的事我是知道的。 那时我年幼，父亲也刚进市委办当秘书。 那阵子，我母亲攀上了一门阔亲戚，是新中国成立前她那逃到台湾的舅舅，老先生做点小本生意，一辈子无儿无女，晚年思乡亲切，便壮胆回大陆寻亲来了（当时海峡两岸还少来往）。

我母亲分得几张百元美金，有一天跟父亲说，这东西稀罕，不如你给黄雅明送过去吧。

我父亲皱一皱眉头说，怎么送啊？

母亲说，你就说这是亲戚给的，我们也用不上——她推了一下丈夫，嗔怪道，你这人真是的，这种话还要我教你！

我父亲拉着脸，对妻子的这个提议明显感到不高兴。第二天早上，父亲还没吃早饭，就被母亲支使出去了，因为送礼"赶早不赶晚"。我后来猜测，我父亲压根儿就没去黄府，他径直去了一家豆浆店，在那儿一直坐到上班时间。或者呢，他去了黄府，看见铁门紧闭，也不便敲门，就沿着石阶坐下了。那是隆冬的早晨，六七点光景，天色还没有大亮，早起的环卫工人正在清洁街道。我父亲呆呆地坐在石阶上，袖着手，也不知他是否觉得冷，也不知他是否为自己感到凄凉。

我仿佛已经看到了这样的场景，因为我了解父亲，送礼会要了他的命的，这一点我母亲从来不体谅；因为父亲跟我说过，丫头，世道艰难啊，官场根本不是你妈想的那样。

那段时间，他们两人总吵架，因为父亲没把美金送出去，理由是"不方便，黄书记家有客人"。我妈说，不可能，大清早他家哪来的客人！你去了没有？你说你去了没有？

有一天夜里，他们又吵起来了，我母亲口气严厉，历数丈夫的软弱无能之处。她说，许光明，你连这点屁大的事都做不好，我要是你，不如撞墙死了算了。

我一下子跳下床来，一脚踢开他们的门，朝母亲怒目而视。我父亲看了我一眼，苦笑了。我至今还能记得他那笑容，温绵的，难堪的。他不愿意我看到这一幕——我后来想，他愿意在我面前保持一个完好的父亲形象，优雅的，风光的，无所不能的……我替他们掩上门，哭了。我不能哭出声音来，所以就拿被子罩住了脸，身体痛苦地蜷缩成一团。我父亲的仕途竟是这样的艰难，里面充满了辛酸、卑贱、屈辱……世人只知富贵好，可是我看到的都是富贵背后的凄凉。

可是父亲也有"好"的时候，比如说：在他被封了官以后，在他一步步往上爬的过程中，在他忙得穷凶极恶，被人追得到处躲藏，偶尔也必得应付一下各类宴请、交游；在他从一个会场赶往另一个会场的途中，有人主动跑过来跟他握手寒暄；当他终于混到能坐上主席台——开始是边上，后来就慢慢地往中间靠——当他的名字有一天出现在报纸、电视上，而且排名也不算靠后——我猜想，这是我父亲一生中最感温暖的时光。

我不想说，父亲为此"神魂颠倒"，事实上，风光这东西，一旦得到了，也不过那么回事，他渐渐露出疲沓相来了。但是男人嘛，没这东西好像也不行。

总之，就是在这段时间里，我发现了父亲身上在他做中学老师时所不曾有的魅力，那时他也有魅力，只因长得好，气质淡雅清香，可那是书生的魅力，怎堪比"仕"的魅力：那是向外发散的，光芒四射的，热烈的，自信的，使人甘愿俯首称臣的……那是男人的魅力啊。你简直没法想象我父亲当时的样子，他戴着眼镜，神情笃定坚毅——我真好奇，因为父亲性格绵软，何曾有过这样坚毅的表情？我后来知道，那是因为他自信了；男人一自信，那真是身穿烂衫也好看，污言秽语也迷人。

也就是在这段时间，他的仕途局面打开了，各种人际关系调理到最佳状态。在我们城里，没有他办不成的事，一切可谓风调雨顺，手到擒来；家里常常高朋满座，人来车往——"谈笑有鸿儒，往来无白丁"说的就是这层意思吧。是啊，当父亲坐在家里接待来客，当他和同僚们一起叽叽咕咕谈些时局政治，当他把手臂一挥，偶尔也爆发出爽朗的笑声，这时候，他是多么的意气风发、神采飞扬啊；这时候，我难免就会想，他还记得他曾作为一个小公务员的难堪屈辱吗？——我不知道自己为什么总对这些耿耿于怀：我为父亲暗中哭泣的日子，即便在他正处盛世的时候，我也时常想起。

或许我本是个穷孩子，却目睹了一场发迹的过程，我看见的权贵卑贱从来是连在一起的，使我在熟睡时也会微笑，在微笑时偶尔也会心一凛——我这样的性格，我妈说，是有那么点神叨叨的——财富、地位、幸福，在那几年里，它们不是轻轻地，而是重重地砸过来，砸到我身上，发出金石的脆响。 我闭了闭眼睛，甚至有点害怕了，我害怕这一切总有一天会失去，老天爷，"人无千日好，花无百日红"的惶恐，即便在那时我也有所体会。

那时，家里常来一些神情凄苦的客人，他们多是市民阶层，托张三拜李四，转弯抹角就找到了我们家。 他们是来求助的，或是想谋一份职，或是想换一家福利较好的单位，或是为孩子的升学……我父亲坐在客厅里，静静地听他们诉说。

我后来跟父亲说，爸爸，帮帮他们……我有点说不下去了，好像泪水已汪在眼里。 我不能忘记，我曾经也是个穷孩子。

我说，帮帮他们，在你权力范围之内……但不要犯错误。

很多年后，我还记得父亲的神情，他认真地打量我一眼，那眼神里有温和、肯定和笑意。 我不能想起那一幕了，我差不多要为自己流泪，那时我还是个少年，却也晓得体谅父亲仕途的艰险！

那时，父亲和黄书记的关系也有了进一步发展，每天朝夕相处，再是铁人怕也难免生情吧？ 况且，老黄是"那么有人情味的一个人"（我父亲语），根本不是他外表那个样子。他把"小许"当作自己人，小许呢，三天两头往他家里跑，跟他汇报工作，跟他聊心得体会，偶尔在他家吃个便饭也是有的……小许忙坏了，老黄家的吃喝拉撒，哪一样不是他管？ 比如换煤气啦，修马桶啦，院子里要铺个地砖啦……我父亲的眼头突然活了，他出入于黄家大门，实在比出入自家还要勤快，这一点连我母亲都很感奇怪。

很多年后我还在想，人在顺境时，绝对会"疯"的，那该是父亲的非正常状态。总之，一切机关全打通了，我父亲顺了。我估计，那几张美钞就是在这段时间送出去的，这时候送就对了，我父亲不会为自己感到羞耻，因为他们已经有了感情。

而感情这东西，嘿，谁又能说得清呢？

四

我们一家重新变回穷人，是在父亲入狱的那年秋天，那时我们已从机关大院里搬出来，那是我们住了多年的一户独立小宅院，此外我们还有几处私产：两套商品房，一幢行将封顶的郊区别墅……这些，大概都是房地产商以"明卖暗送"的价格相赠的。我母亲后来虽拿出房契合同，又搬出她已过世的台湾舅舅，以证明财产的来源合法，但房子还是被没收了。

另外还有几张存折，也早于房产之前被冻结了，具体数目我也不是很清楚。

有些事大概真是说不清的。家道的败落非常快，几乎就在一夜之间，某种我们今生看不见的东西，就以"迅雷不及掩耳之势"掠走了我父母十多年挣下的家业，十多年啊，那是他们像蚂蚁搬家、像小鸟筑巢样一点点辛苦攒下的——怎么不是辛苦的，有我父亲的屈辱为证。

有好长一段时间，我母亲对一切都恨之入骨，她咽不下这口气：这世上的贪官污吏那么多，怎么就偏偏落在许光明身上？后来她得出一个结论，我父亲的入狱，根本原因不在于他经济上的污点，而在于他是官场潜规则的牺牲品。什么是官场潜规则呢？我至今也不甚明白，可是我晓得母亲的意思了：任何圈子都有规则，我父亲的失败，就在于他对规则是太遵循了，他还不能做到游刃有余、能进能出。

规则一定得遵循，我母亲跟我举例说，这就好比打扑克牌，你不遵守规则，这游戏就没法玩，你太守规则，最后的结果就是全盘皆输；我早提醒过他的——我母亲恨道：黄雅明这人不牢靠，迟早会出事，对他差不多就行了；可你爸就是个猪脑子。

我说，爸太看重感情。

我母亲拍掌道：让他看重啊，这下玩完了吧。

不得不说，在对黄雅明的感情问题上，我父母后来一直存在分歧。我母亲以为，为官者最不能讲感情，我父亲的落马就是明证；我父亲以为，感情还是要讲一点的，要不人心怎能平安？无论如何，我父亲的晚年平静而通达，他对一切都服气了；他牢狱八年，很多事情不知翻尸倒骨想了多少遍，他不后悔。

对黄雅明的怀想，成了他出狱以后的一个寄托。他常说，人非草木，孰能无情；他又说，我跟他之间，不是普通的上下级关系，鞍前马后地跟了他那么多年……他有点说不下去了，此时他已年近六十，坐在早春的院子里跟我回忆往事，偶尔有一两片树叶的阴影就飘进他的眼睛里，他平静地看着前方，腮帮子一瘪一瘪的。

我坐在他的脚边，不时也抬头看看远天，我想那一刻我看到的定是比远天更辽阔的人心；人活一世，总归要信一些东西的，就比如说感情、理想、精神……都是些空洞的东西，平时未见得有多大用处，可是到最后，它就会来救我们。我突然有些感激涕零，我父亲找到了这个东西，他安心了。

我母亲从不相信这些东西，她活在现世，当灾难来临之际，她不晓得以心灵去消化，而是以血肉之躯去迎接，当然她也不后悔，因为她是个彻底的唯物主义者。

当时我奶奶还没死，随我们住进了由一个亲戚腾出来的平房里。这房子位于老城区的一个大杂院里，不足二十平米；因久置不住（主要是放杂物用的），房间里有一股霉馊味。其实我们的境况本不至于此，这房子是我舅舅的；我这个舅舅年轻有为，在父亲的关照下，不到三十岁就升任交警队队长，他本来要接我们一家同住的，或是为我们另租一套房子，但是我母亲抵死拒绝了。

穷人也有穷人的尊严；这时，我母亲的自尊心突然起来了，她一向接济别人，等到有一天由别人来接济，她受不了。 我想她一定是疯了，否则就不能解释她为什么要和自己的弟弟计较这个。 她把手臂轻轻一挥，以一种大无畏的精神就把我和奶奶带进了赤贫者的行列。 搬家的前一天晚上，她领我来清扫房间，虽然有足够的心理准备，但院子的嘈杂破落仍使我不住地唉声叹气。 不大的一个院子，挨挨挤着十来户人家，昏黄的灯光，旮旯里临时搭建的棚舍，报纸糊贴的窗棂子……这就是我们一家的生活窘境啊。

及至打扫完毕，我母亲站在房子中央，四下里看看，"呼哧呼哧"直喘气，我有理由相信，她的喘气不是劳累所致，而是因为她在生气。 造成我们一家衰败的如果是一个人，我想母亲定会找他拼命，她要叫他"白刀子进去，红刀子出来"，然而没有这样一个人，而是一个机构，一种关系，一团繁杂的我们根本看不见的东西。 母亲的仇恨没能及时释放，积郁在身体里化成一股奇怪的力量，这就是激情，是"一荣俱荣，一损俱损"的激情。

那天晚上，我站在破旧的房舍里，身上涌起的也是这股激情。 窗外是萧索的秋风秋雨，可是我的身体竟激动得簌簌发抖，我的眼里也因此而饱含泪水。 穷他妈的算什么，我连死都不怕，我突然明白母亲为什么要使我们一家三代沦落到这般境地，那就是我们绝不接受别人的救济，要保存身上的这股元气，若不能东山再起，那就留着它跟自己拼命！

可是我奶奶死了，那时我们搬来这大院还不足三个月，离春节也很近了。 其实奶奶的死，我和母亲早有防备，只是处在那种疯狂境地，我们实在也顾不上她了。 等到一切尘埃落定，父亲也进去了，家也没了，回头再看奶奶，她差不多已经奄奄一息了。 自从儿子出事那天起，老人家就卧床不起，也没什么大病，就是咳嗽得厉害，上气不接下气。 有一次我要领她去医院，她冷漠地看我一眼，吧嗒了一下眼睛，意思是拒绝了。 我不理她，径自把她从床上架起来，她把手臂抖地一缩，于我是绵软，于她是攒了一身力气的；我站在一旁呆了呆，知道老人家是在等死。

我去药店买来一些药，她从前一直是吃药的，自从儿子出事，她就拒绝吃药；我亦知道，老人家现在只求一死。

在我们搬来寒舍的那天晚上，她破例没有躺到床上去，而是坐在椅子上，双手扶着膝盖，那样的端庄肃穆，仿佛有个照相机镜头对准她一样。 我趴在她的膝盖上淌眼泪；她是小脚，穿旧式的绒衣绒裤，她把手搭在我脸上，一双很老的手，麻皮挛挛的，然而有温度。 我不由得浑身一凛，抬头看了她一眼，也未看出什么异常来，却有一种奇怪的人之将亡、大祸临头之感。

在我们的身后，母亲站在椅子上，往墙上砸钉子，挂挂钟。 母亲跳下椅子，端详了一下挂钟，便双臂一抱，低下头只管自己踱步了。

有那么一瞬间，我们祖孙三代都往墙上看，我一生中恐怕再也不会经历那样清晰明净的时刻。 这世界是冷静的，墙上的挂钟"嘀嘀嗒嗒"地走着，它是没有生命的。 屋子里的三个女人，虽然身处绝境，那一刻她们也是平静的，也不疼也不痒。

在生命的最后几个月里，我奶奶始终保持着这份庄重平静；在我和母亲呼天抢地之时，她只是静静地看着我们，甚至不和我们说话，因为儿媳孙女根本不在她眼里，她心心念念的只是儿子，可是她也很少提及儿子，她只是把他放在心里，脸上呈现出一股绝诀的表情……我想她是恨的，她也认命，她一生信佛，可是佛最后却不帮他的儿子，这真是讽刺。

什么叫"哀大莫过心死"，我从奶奶身上得到了验证。一个真正悲哀的人，就应该是像奶奶这样子的，相比之下，我和母亲应感到羞愧，因为我们还晓得啼哭，悲哀就这样被哭没了，只有奶奶在承受，当有一天她承受不起了，她就死了。

很多年后我还在想，母子可能是世界上最奇怪的一种男女关系，那是一种可以致命的关系，深究起来，这关系的幽远深重是能叫人窒息的；相比之下，父女之间远不及这等情谊，夫妻就更别提了。

我奶奶死在那天中午，母亲一阵慌乱，后来便抚尸大哭。 看样子，这一次她是真哭了，为什么这么说呢？ 因为自从父亲出事，母亲的情绪便极端不稳，哭哭笑笑那是常有的事，我不是说她疯了，以她的承受能力，她还不至于此，她只是需要排遣。 我举个例子，父亲的案子刚判下来的时候，她也假模假式地哭过一次，说是判重了；可是我想，她私下里没准感激涕零，因为父亲没死。 那时我们一家的底线已迅速越过人界，滑向畜类：那就是不求富贵，只要活着。

婆婆之死，能让一个媳妇哭成这样，起先我觉得不可思议；老实说，我们许家这对婆媳处得也就那么回事。 可是那天晌午，母亲跪在奶奶身边，哭一回就抬头看看屋脊，偶尔也会狗抖毛似的浑身一凛；我也抬头看屋脊，慢慢地便也觉得周遭确有一股肃杀之气，令我想到"灭顶之灾"这一类的词。 我后来想，母亲哭的不是奶奶，她是在哭我们的处境，哭我们一家的灾难。

我之所以不惜浓墨重彩来描述奶奶之死，实在因为这是我们衰落过程中唯一有点"悲剧意味"的事：清寒的屋子里，一具尸体；冬天的阳光突然跳进门洞里来了，风一吹，像个小狗一样在那里调皮翻滚；一个蓬头垢面的中年女人哭诉着；一个少女静静地睁着眼睛；邻居们跑进屋子里来了，影子像风浪一涌一涌的……悲剧到我这里，突然变得非常安静了，几乎很少触及感情；悲剧也还是"正大"的，但看奶奶的面容，那样的平静，堪称"正大仙容"。

后来我索性屈膝抱腿，坐到地上来了。 我一生中所能体会到的"不幸"全在这里了：死亡，贫困，居无定所，牢狱之灾……我把这些放在脑子里过滤了一下，心里出奇地镇定。 我无须再怕什么了，我们已经降到底了，我们不会再失去什么了。 此时，幸福这个概念在我心中再次隐隐出现，我不是说一个人遭遇不幸就是幸福的；我只是说，此时我非常的安心。

我这一生经历过"富贵"（我母亲的词汇），也遭遇过真正的贫寒，我在这里将以自己的亲历做证：世上最可怕的不是贫穷，而是富裕，以及对富裕的牵挂担忧。 贫穷这东西没什么好说的，外人看着总归觉得撕心裂肺，其实当真身处其中，也照样安之若素，因为包容它的是阔朗的人的心灵，那就好比一粒石子砸向水中，哪怕掀起冲天巨浪，可是石子最终会沉入水底，湖面照样恢复平静。

我要说的正是人心，有了这个在，"悲剧"这东西其实是不存在的，因为人心把什么都化解了。 我原担心母亲，她心气旺盛，在经历了一番安富尊荣之后，是否还能回头过安贫乐道的日子？ 事实证明我的担心是多余的，在贫富的转换过程中，她比我快多了。

我还记得为父亲奔波游走的那些日子。 那天晚上，我和母亲从潘伯伯家走出来，走了一阵子，不知为什么又都回过头去看。 潘家的宅子位于市中心，是一幢仿古的两层小楼，外带一个庭院；说老实话，这房子未必就比当时我们还住着的房子更气派，然而我和母亲都看出点别的来了。 我看到的是我的卑微寒酸，我的敬畏艳羡，一户"官邸"对一个即将被贬为"庶民"的人的压迫；即便近隔一条马路，这房子的堂皇巍峨仍使我觉得像是身处梦中……我母亲看到的东西非常简单，那就是仇恨。

那天我们娘儿俩扶着一棵老梧桐站下了，当时夜色已深，路上行人稀少，风吹得梧桐叶满地乱跑。我母亲伸手裹了裹衣衫，看着潘宅说，这帮狗娘养的，拉出来个个都得杀头。

我说，他这是祖宅。

母亲朝我凶道，祖宅？翻新装修要不要钱，啊？他一个监察局长哪儿来的钱？你倒是跟我说啊！

我看了她一眼，心里堵着一口气：在我们还没沦为穷人之前，我们已经有了穷人的心态！我母亲尤盛，自从父亲出事以后，对这世上的富人她就怀有一种斩尽杀绝的革命心态；及至我们搬到穷街陋巷，开始生活在穷人之间，我们的身边都是贩夫走卒，一群地道的赤贫者，我才知道，真正的穷人根本不及我们这样疯狂下流，他们实在要高贵平静得多。

嗬，我终于可以说说他们了，这拨穷人，我的邻居们，我们朝夕相处的时间也不过半年，可就是在这半年里，我们一家受过他们的恩泽：我奶奶的后事，是他们跑前跑后，帮着火化安葬；我母亲病了，是他们端茶送水，轮流服侍；我们母女俩偷偷地抹眼泪，他们看见了，也一旁抹眼泪。他们说，这就是命啊，好好的一个人家，怎么说散就散了呢？

他们叹道：世道啊！

我们是落难人家，他们从不把我们看作贪官的妻女，他们心中没有官禄的概念。 我们穷了，他们不嫌弃；我们富了，他们也不巴结奉迎；他们是把我们当作人待的。 他们从来不以道德的眼光看我们——他们是把我们当作人看了。 说到他们，我即忍不住热泪盈眶；说到他们，我甚至敢动用"人民"这个字眼！

五

在那段困难的日子里，我成了母亲唯一的希望。 奶奶死后，我们也慢慢恢复了平静，在陋巷里过起了日常生活。 我们与邻居们和睦相处，白天替他们照看一下孩子，晚上他们收工了，我们倚着自家的门框，与他们一递一声说些闲话。

我们也常常串门的，站在不拘谁家的屋子里，我母亲东看看西看看；或是坐在小矮凳上，她把双手朝袖子里一放，整个身子就窝在膝盖上了。 这时她已经很不修边幅了，阳光的反光里，她蓬蓬的头发是挓挲着的，远远看上去，那样子也就是一个纯朴的农妇。 那段时间，也不知为何她嗓门就大了，步子也快了，身上不知什么地方总有股结实的劲头；说到家长里短，她也能笑得嘎嘎的。

你明白我的意思了吗，时间是件太奇妙的东西，不到半年，我们母女就认领了穷人的身份，身心舒泰地以穷人自居了。 过往的繁华，我们差不多就忘了哩……嗯，我是说有时候。

有时候，我和母亲竟生出一种奇怪的错觉，就好像我们生来就住在这院子里，从来就是穷人；逢着这时候，我们的心就平静了，也不再怨恨了，对这世界也怀有慈悲和善良了。

更不堪的是，我们甚至把父亲也忘了，说真的，我们已经顾不上他了；毕竟，生计是重要的，"吃"成了那段时间我们最犯愁的一件事，吃什么，如何吃，这全是问题。常见母亲歪在床上，用手撑着脑袋，把一双眼睛"骨碌骨碌"转个不停；或是深更半夜，她突然就从床上坐起来，那感觉就像打了一个激灵。其实按照大杂院的标准，我们本不该这么愁苦，又不缺胳膊不缺腿的，哪儿就能把人饿死？但是你要知道，活着那时已不是我们的底线了，欲念这东西在我们身上已经醒了。

母亲常肿着一双眼泡跟我说，你要争气啊，回到学校一定得好好学习，要头悬梁、锥刺股，我们许家能不能翻身就全靠你了。

其实母亲应该知道，许家的翻身并不在于我成绩的好坏，而在于我能否钓到一个"金龟婿"，这是她手里能打出的最后一张牌了。有一次，她拿这个问题试探过我，她说，学校里有没有男孩子追你？

我说没有。

她抿嘴一笑，拿眼梢瞥了瞥我，也没再说什么。那阵子，母亲的脸上常挂着这么一种意意思思的微笑来，不管她在干什么：在削土豆、在吃饭、在去公厕的路上……她随时都有可能停下来，把眼睛斜向虚空的某个地方，微笑从脸上绽放出来。 总之你也看到了，我母亲并没有被生活压垮，经过短暂的痛苦，有一件事情让她对未来再次充满了希望。

母亲说，我们和他们没法比。 ——她朝窗外努努嘴，意即那些穷邻居。

当时正值年关，家家户户都在忙吃的，有腌肉的、风鸡的，也有一车车大白菜往家里推的……破落的院子欢乐吵嚷，然而于其中，我也确实感到一种穷奢极侈的气息：单看他们酒足饭饱后涨得发紫的脸膛，他们的眼神是呆的，身子是飘的，突然膝盖一软，弯腰泄出一大堆的酒后物……我母亲呆呆地看了一会儿，叹气道，这种生活我是没法过的。 真可怜，一年忙到头，就为了一张嘴，这跟动物有什么两样？

我把母亲的话放在心里过了一遍，隐隐觉得她的话好像也没法反对。 她说，过这样的日子我宁愿死！ 俗话说"人往高处走，水往低处流"，人要是不往高处走，那还叫人吗？

我不满道，人跟人不一样。

她说，当然不一样，我们的成本要高得多。 ——别忘了我母亲以前的职业，她对一切都要计算成本，就连人生也不例外。

有一点不得不承认，我母亲之所以能度过那段艰难的日子，并不是因为她坚强，而是因为她无穷尽的欲望，她对生活的贪婪，以及由欲望和贪婪派生出来的想象力。我母亲的想象力实在太丰富了，好像一本书里写过：人类丧失幻想，就好比鸟儿失去翅膀。总之，重新长出"翅膀"的母亲又活了过来，一旦活过来，她就不再是大杂院里那个邋遢的落魄妇人了，她的言行重新变得精雅起来，她甚至很少出去串门了，成天躲在屋子里想入非非。

我们母女俩度过了一生中最清冷的一个春节，连一顿像样的年夜饭都没吃——母亲不饿，因为她顿顿吃的都是精神食粮；同时，母亲度过的又是她一生中最丰盛的一个春节：对过往繁华深情的追忆，对未来繁华狂热的想象，使她对眼前的窘境完全视而不见，只是把眼睛意味深长地落在我身上。

我嫌烦，嗔怪道，干什么啊？

母亲笑了笑，然后严肃地说，你可要好好的，妈可只有你这么一个宝了。

那阵子，她最怕别人来打扰；当然除了穷邻居们，还有舅舅一家，也没人愿意再来打扰我们了。从前过春节，来家里拜年的人络绎不绝；今年过春节，这些人全如寒蝉一般消失了。母亲虽言称不在乎，可是有一次，她也忍不住感慨了一番世态炎凉，她抹着眼泪哽咽道：叫我说，这世上最可怕的还是人啊！

很多年后，母亲的话犹在我耳边回响，那真是声声泣血，字字带泪！这是母亲积她一生经验，对人世得出的一个

035

最有力的总结。 很多年后，我还记得那年春节，我坐在寒碜的房舍里，侧耳听窗外的风声，即便平静如我，亦生悲愤之心；家里连遭噩运，我都能平安度过，可是人的势利却轻易打击了我！ 大概就是从那一刻起，我下定决心要力求上进；富贵这件事，为什么母亲总挂在嘴边，因为它的背后藏着人的尊严。

我前边已经说过，我从来没有责怪过这些人；设身处地，我自己难保就不是这等势利之人，那就是对富贵的趋近，对贫寒的逃避，这才是人世啊。

这就是我和母亲在离家之前的一段生活。 春节后不久我就返校了，大约隔了一个月，母亲连个招呼也不打，就跑到南京找我来了。 南京这个城市，我母亲是太熟了，父亲在位的时候，她一年里不知要来多少趟，从来都是专车接送，住豪华宾馆，品淮扬佳肴；有时候是来购物，有时仅仅是为去梅花山看一眼早春的梅花。

那年也是早春时节，中午我放学回来，看见母亲站在我宿舍门前的一棵樱花树底下，脚边放着一个大皮箱子，正在东张西望。 我跑上前去问，你怎么来了？

她笑眯眯地说，我怎么就不能来？ 我还就不走了呢。

那天她穿一件紫罗兰的对襟线衫，深蓝的及膝裙，半高跟皮鞋，头发也稍稍做了一下。 见我正在打量她，她说，怎么样？ 你老娘不会给你丢脸吧？

我笑道，怎么跟换了个人似的，好像又活回来了。

她附在我耳边说，傻瓜，我能不收拾一下吗，我要来给你挑男人。

概而言之，她这次来南京原是作长期逗留的，一是要挣钱供我读大学，二是要为我物色个未婚夫，因这两者都是我们的饭碗。对于后者，我母亲尤为自信，首先这是她的爱好，也是她最擅长的一项技能；只是这项技能在嫁给父亲之后，她再也没施展过，所以现在难免有些技痒。

现在你也看到了，在家庭"悲剧"发生还不到半年的时间里，母亲就迅速把它扭转了方向，使它变成了一场男女的较量。直到今天，我也不愿意承认，这转变就是轻佻的，因为它的背后立着生的艰难；生存和男人都很重要，可是母亲抿嘴一笑，就把它们糅合到一块儿去了。很多年后，我仍禁不住要微笑：女人能把世上的一切关系最后都变成男女关系，这个实在是太奇妙了。

我们母女度过了一段愉悦时光，即便一个人呆坐着也忍不住要发笑；这世上大概没有比男女之事以及对它的切磋探讨更让女人动心了。总之，家破人亡之后，母亲领着我一个斑斓转身，使整个事件看上去就像一场幽默。由此我也知道，这世上是没有真正绝境的，绝境走到头，那必是不着边际的轻松荒唐；然而我们做的时候却是认真的。

没课的时候，我就陪母亲在校园里走走，或是找一个有树荫的地方坐下来；若是有男生走过，我和母亲总是要搭上他们一眼。我得承认，那时我不够纯洁，才二十岁，连男孩的手都没摸过，可是刚从重压之下逃生出来，人轻得简直要飘起来；我看男生的眼光，即使不是不三不四的，至少也是有点玩世的。可是母亲及时纠正了我。

母亲说，喏，这个孩子不错。

我问怎么不错。

她说，他身上有一股气场，你注意看他的神情——看到没有？他是能沉得住气的那种，这会使他将来有出息的，即便时运不济，他也能安安分分地过日子。

我指着另一个问，这个呢？

母亲摇摇头说，这个不行。

我问，为什么？

她只简单地说了一句，这个太机灵。

有些话我不知道该怎么说，母亲利字当头，可是即便在我们最困难的时候，她也没有把我往火坑里堆，她没有让我嫁给一个老头子或是暴发户，我想她秉承的是"利益最大化"原则，她的女儿还这么年轻，她应该有这个耐心，在校园里弄到一只"潜力股"，她对女婿的要求，一是人品，二是能力——我问，那爱情呢？

母亲笑道，爱情嘛，当然也要有一点的。

下面的事情我就不多说了。总之，在母亲的默许下，我谈过几个男朋友，我爱过他们，幸福的时候也曾浑身发抖，失恋的时候也曾伤心欲绝，可是即便这个时候，我也很清醒，知道这全是过程；这就好比过河搭桥，人生的目的，是为了走到河对岸，而不是为了那几座桥；可是无论如何，桥于我们是必需的。

母亲的小饭馆不久就开张了，在我大学毕业之前，她就是靠这个来养活我的，省吃俭用也要给我买漂亮的衣服——这于她是一笔投资，许家的"发达"在此一举也未可知！她说，要打扮得漂亮些，男人喜欢这个东西。

我迟疑道，也不一定吧，也有男人不看重这些的。

母亲笑道，扯淡，没有男人不吃这一套的，他们肚里那几根花花肠，我是太清楚了。

她常跟我叹道，许家是垮了，可是许家的女人不能垮，人活着就为一口气，精神头要足，平时把腰杆给我挺直了！——那几年我也确实争气，穷凶极恶去挣奖学金、去做家教，当过业务促销员，在街上散发过传单……稍微得一点空闲，就跑到母亲的小饭馆去帮工。

母亲的饭馆开在城南的一条陋巷里，说是饭馆，其实也不过是两间违章搭建的棚舍，以前这里是一家发廊，倒闭了，母亲便从舅舅那里筹了一笔钱把它盘了下来。母亲的饭馆什么都做：小炒、套餐、面条、饺子、桂花酒酿、鸭血粉丝汤……我母亲心灵手巧，她是边学边卖，一道工序也要费尽思量，炒菜时也不忘要加一点"猛料"。

母亲的顾客多是附近的居民，或是一些看上去农民工模样的人；她又能言善道，生得又白皙端庄，每天又都拾掇得干净利索的，所以你应该能想象，常来照顾她生意的还是男人占多。 母亲既然做男人的生意，她就必得凸显她女性的特征，整天笑得咯咯的，把他们侍候得舒舒服服的，哄得他们既掏了钱，又不时来店里帮她做义工。 我去店里帮忙的时候，母亲就把我往前台推，因为我年轻秀色，又是大学生，这都是小店的门面。 我给他们端茶倒水、上菜点烟，其实就是一个女招待的角色了。

诸位看官读到这里，千万别起下流心思，以为我们母女是做什么的；其实我们还不至于此，生财也得有道；这个道就是利用男女两性的微妙，我母亲深谙其中的关节，她的分寸一向把握得好——她利用了这个东西，又能使自己不湿脚，那真叫比庖丁解牛，游刃有余啊。

逢着店里没人的时候，我们母女便会坐下来，隔着半开着的玻璃门朝街上看，街上走过的或有男人，或有女人，而我脑子里晃晃悠悠的也不知为何全是男人。 一个面色暗黄的中年人从门前走过，又退回两步，眼睛在我们母女身上眯了两眼；母亲一脸静容，完全视而不见，待他走过了，她才在地上重重"呸"了一声。 我也抬头深思，想着对于女人来说，男人真是世上的一笔大单子啊。

只有晚上打烊的时候，母亲才恢复了她疲惫的面目，白天的鲜活好看全不见了。 我看到她老了，生活的辛劳把我母亲变成这个模样！ 可是她一会儿又活了，因为她开始盘点算账了，她数钱的手势真是可爱极了，五个手指头快速飞舞；蘸了一口唾沫，慢慢再数一遍；又把它递给我，说，毛利八百六十五，你再数数。

我一边数着钱，一边心在颤抖，白炽灯光下洋溢着我今生再也不能描述的幸福温暖；劳动如此庄严，可是我直想放声大哭，因为这里亦有我母女的含辛茹苦。我想母亲一定比我更能体会到"劳动"一词的分量，从前家底何等丰厚，她也没这么紧张过，可是现在，一天区区几百块钱的进账就使她丧失了从容！钞票的失而复得一定打击了她，使她变得胆小害怕了，这就是为什么在最穷困之时她还能挺住，在挣到钱之后她却信了耶稣。

教堂离我们的饭馆不远，母亲每天买菜都要经过这里，偶尔她也会站下来，隔着红铁护栏朝里头看：彩绘玻璃窗，高高的拱形门洞，从门洞里出入的面带愁苦的人群……我猜想，其中一定有什么东西让母亲感到了安全；大概就是从这时起，母亲才意识到，她也该为自己的心找个归处，她相信，只要她是虔诚的，上帝就会保佑她的钱财不会再次流走。一个星期天的上午，我陪她去祷告，她闭着眼睛，双手合十；我看着她，心一阵阵刺痛，同时又有些担心，她这么功利，上帝若是知道恐怕会不高兴吧？

《圣经》里说，人要行善，戒欲念。行善她是愿意的，戒欲念却难；好在她是中国人，晓得变通，知道书上写的是一回事，现实却是另一回事；所以她一边郑重其事地画十字，一边亲切地跟上帝提要求，她说，你要保佑我女儿找个好男人，还要保佑我的饭馆不断地有客人……说来说去，都是男人、客人。

　　有一天下午，几个客人喝多了，赖在店里磨磨叽叽不想走，不停地拍桌子，要酒上菜，我把一盆老鸭汤端上去，其中一人便涎着眼睛看我，口水哩啦的，也不知说了些什么，我把汤盆放下，他顺势捏了捏我的手——也没什么，只是捏了捏我的手；我把手缩回来，带笑不笑地走到门外站了一会儿。

　　其时正是夏日的午后，暑气逼人，我抬头看了看树梢，盛大的阳光从绿叶深处掉下来。我静静地眯缝着眼睛，不由得就想到了父亲，想到他温儒的形象，想着在没有他的日子里，为什么我们母女与这世界的关系竟变得这样暧昧荒唐；我又想到我的男友，一个踏实上进的青年，在男女之事上一直有他清贞的道德操守……大学毕业不久，我就嫁给了他，现在父母与我们同住。有时在饭桌上，两个男人难免就会提到那段清贫的岁月，我们母女是怎么度过的；然而我和母亲只是云淡风轻，笑了一笑。

　　母亲的饭馆后来很是挣了一点钱，因为规模大了；她的女婿也很争气，现在是一家颇具规模的企业的老总。总之，我们又回到了"富裕阶层"，只是不再有欣喜，因为我们付出了艰辛劳苦——我们只记住了这劳苦，所以有时更觉委顿。

　　现在，让我们再回到那个夏日的午后，你将会看到，母亲怎样走出小店，在我身边惶惶站了一会儿，不时也拿眼睛打探我；有那么一瞬间，我们两人都回头看小店，隔着玻璃门，那几个客人也在醉眼惺忪地看我们。 母亲不安地朝我笑笑，问，他们没把你怎么样吧?

我说没有。

母亲搭讪道，这些个死鬼。

我也会意地笑笑。

一辆卡车从路边疾驶而过，风浪掀起了阵阵灰尘，使这个真实的世界在那一刻显得模糊了。 我站在漫天的灰尘里，脑子一片空白，后来微笑就漫到了脸上。

一

十五年前，我曾走访过一个小山村，那时我还是个在校大学生，暑期跟随两个师兄去做社会调查。这个小山村位于广西境内，依山傍水，风景秀丽。

这个名叫"沿河"的小山村在中国社会发展史上曾暴得大名，这得益于我的导师汤东林先生。汤先生曾在 1937、1946、1964、1978 年四次光临该村，见证了我国社会发展不同时期在这个小山村的缩影，成就了著名的《沿河村调查》一书，此书无争议地被视为国内社会学的奠基作之一。

汤先生对沿河很有感情，把它视为第二故乡，只可惜他当时已垂垂老矣，无法履行他的第五次出行计划，我们的走访，正是在他的授意下进行的。"过去看看——"他这样嘱咐我们，"不要带什么目的，我当年也是这样，就是过去玩儿，随便看看，若有可能的话，跟他们做做朋友。"

他报了几个人的名字——其中一个王寡妇——若是还活着，叫我们代他问声好。"你们就说，汤某人很想念他们！"老先生大声嚷道。他那天非常兴奋，躺在床上给我们画沿河村的线路图，我们明知几十年间沧海桑田，他的那些线路对我们未必有用处，可是也只能由他如此。

老先生天性开朗，心思单纯，到了晚年尤盛，我们几个学生受他影响，亦都相当有"个性"，再加上当时年轻气盛，自恃有老先生的保护，常常会做些出格之举，这都是后来我们参与沿河村一系列事变的前提；汤先生也略有预感，提醒我们说："现在外面很乱的，你们当心点！尤其是你——"他指指我说，"花花裙子什么的就不要穿了。"说得我们三人都笑起来。

据汤先生介绍，该村"怪有意思的"，和我们想象中的小山村一样，它历史悠久，民风淳朴；只因地处边地，村民们有尚武之风，三百年间，该村出过两个武状元、十六个军阀匪首，还有数以万计的虾兵小喽啰。总而言之，这是个盛产好汉的地方，血性、浪漫、勇猛……凡此种种，皆见于当地的史料记载，以及村老们的坊间传唱。

当然这一切，汤先生也未能有幸目睹，即便在他最早抵达该村的1937年（此时战争还未波及南方），他对该村的"骁勇善战"也未能有丝毫体察。他看到的只是一个贫乏安静的村庄：农田，水牛，炊烟，村舍。村头一棵老榕树，一条小河从村中潺潺流过……和内地任何一个小村落一样，这里驯顺而守旧，是一个成熟、完整的农村宗法社会。村民们拘礼，乐天，懒惰——虽然一样是日出而作、日落而息，可是在汤先生看来，他们近乎在打盹。

"这帮猴儿们萎了，"村里一个老人告诉汤先生，"他们过不了安生日子；除了干些偷鸡摸狗的营生，身上哪儿还有一点祖先的血脉！"

汤先生一住三个月，此间不通音讯，恍若天上人间，待他走出沿河村的时候，才知世界已生大乱，所以数年以后当他旧地重游，得知当年"喝酒聊天"的伙伴们多半已战死沙场，他一点都不感到奇怪。

"作战才是他们的职业——"汤先生后来总结道，"可惜他们多数生不逢时，到了你们这一代啊——"老先生摇了摇头说，"更难了，现在到处搞经济，哪儿有他们的用武之地！"

他还嘱咐我们，过去给他们支支招，教他们赚点小钱，"可怜那个穷的！"但不可介入太深，"村里的那些个经济啊，政治啊，人事啊，碰都碰不得！记住你们的身份，只是旁观者，交交朋友那是可以的。"

"哈哈，交朋友——"老头儿得意扬扬地说，"我是最擅长的了，我在当地有很多朋友，你们随便打听——"他从眼镜上方看了我们一眼，嘴角漫出微笑来，"但是也不要乱打听噢，该知道的知道，不该知道的就算啦。"

老头儿喜欢耍噱头，我们早已习惯了。不过我也略略有些好奇，就是他提及的那位王寡妇。王寡妇是何许人也，这是我们在南下的火车上一直津津乐道的话题。可是谁能料到呢，在到达沿河村不久，我们就撇开了王寡妇，很快投身到另一段生活里去了。 我们忘了先生的嘱咐：要做一个旁观者；而记住了他的另一嘱咐：生活是重要的，学问只是附带。

我顺带说一句，我们在沿河村发生的一切，跟我导师没有任何关系。 这些年，我只是有感于他的谆谆教诲，以及他对于我们的人品、性格、生活所形成的巨大影响，才决定写下这些，作为他"沿河村调查"的一个后续性花絮，并以此来纪念他。 我导师卒于 2004 年，享年八十六岁，其时距离我们沿河之行正好十年。

二

沿河村地处山洼，四周群山环绕，交通颇为不便。 我们一路辗转到了镇上，不得已拦了一辆手扶拖拉机才得以进入。 路是沙石小道，平时人来车往尚可通行，一旦逢上雨天，则整个村寨的交通即陷于瘫痪。 车主也是沿河村人，是个二十多岁的小伙子，名叫胡性来——这名字起得怪异，我和两个师兄都忍不住笑起来。

胡性来也笑。"你们别乱想，我这人从来不乱来的。"他从驾驶座上转过头来，有点不好意思，"我们乡下人，名字都是乱起的，后来到了部队上——"

"你也当过兵？"

"当过啊。 我们村里，半数以上都当过兵。 不过现在也不容易了，还得走后门，所以现在当兵的也少了。"

"那你们现在干什么？"

"干什么？ ——"他展颜一笑，"到了就知道了。"

胡性来非常热情，为了陪我们说话，他把车速降下来，一路上给我们介绍沿河村的风土人情，口气甚是谦卑，"我们乡下人""我们穷地方"之类不绝于耳，我听了，心里难免有些感慨；对照先前他给我们描述的他在军中的种种奇闻趣事——那讲起来真是眉飞色舞，神采飞扬——心想这才几年时间，当年那个走南闯北、见多识广的激昂士兵就已蜕变成一个朴实憨厚的农民！是啊，除非有意外发生，否则他将永远固守这片土地，忠实于他的农民身份，老实巴交，不作任何幻想。

而他的周遭，是肥硕浓密的棕榈、芭蕉，各种不知名的热带植物互相缠绕——再也走不尽的崇山峻岭、密密丛林。车从其间驶过，突然变得很小很小，而马达声轰然如雷，阳光却点点滴滴，更见幽深；间或路边有三五行人经过，也都生得和胡性来一样，黑瘦短小，眼窝深凹，口鼻粗重……有马来人之态。

我们突然有些目眩，坐在拖拉机的车斗里，左观右望，有种置身"异域"的恍惚迷离感。事实上，这"迷离感"自南宁以降，深入山区，已经把我们搞得晕头转向，直到这天我们在丛林里碰上了军车。

当然了，碰上几辆军车也说明不了什么，可问题是，我们已有很多年不再见到这什物了——以前虽曾见过，但也仅限于电影里——我们三人都来自北方，平时生活中连军人都难得碰上，更何况车队。车队迤逦而行，绵延不绝，突然一两声汽笛响，只惊得鸟雀四起，枝叶摇晃，带着阳光也"扑腾扑腾"的，一时间竟是天昏地暗、地动山摇。我们惊骇之余，也感新奇，难道边疆有战事发生？

胡性来笃定地摇了摇头，告诉我们"没的事"，不过是摆点小阵势，吓唬吓唬"那边的人"。——那边的人？越南人？我们不得而知，心里却越发惴惴然，担心自己的安危，怕再也走不出这片丛林；同时又有些莫名亢奋，想象被子弹击中，永远倒在这土地上……啊，该来的都来吧，在这天高皇帝远的边地，也许一切皆有可能！

此时，胡性来已泊车让道，我们几个坐在车斗里，看着一车一车的士兵都身穿迷彩服，荷枪实弹；阳光照着他们年轻的头脸，那头脸上有丛林的阴影。他们突然鲜活起来了，车厢里一阵骚动，原来是他们看见路边的我们——我们中有一女子——竟喜得不知如何是好，只好你推推我，我推推你；他们吹长长的呼哨，朝我们打"V"形手势，叽叽哇哇对着胡性来挤眉弄眼，一边笑得嘎嘎的。

我看明白了，他们是拿我和胡性来开玩笑。

我也笑。心里想，此地是边镇，他们大约很难见到像我这样的学生妹；又想，既是边镇，那么兵来将往，军民杂处，原是极正常的事儿，哪儿就扯上了战争！

三

　　胡性来直接把拖拉机开到了村公所，先领我们到村长办公室，又各个房间张看，且丢下我们，去找村长。村公所地处高地，几间旧瓦房连成一个"L"形走廊。走廊前的一块空地上，泊有一辆旧货车。村公所下面，高高低低都是人家；对面山脚下一整片梯田，其间沟沟渠渠，阡陌纵横，似种有蔬菜、瓜果之类，远观也不甚清楚。

　　村长是个四十多岁的中年汉子，名叫胡道宽，身材不高，体格健壮；一张黑红脸膛，五官倒还端方。他说话行事有股慎思笃定的派头，看上去颇为稳重，符合我们对于一个村官的正面想象。普通话说得较为顺溜，至少我们都听得懂，交流起来不需要辅以手势。后来才知他在北方行伍多年，后以团长一职转业。至于为什么不在城里讨个一官半职，我们后来推测，大概是他不愿虚与委蛇，巴结逢迎，况且他在村里根深叶茂（他祖、父辈都做过村长），各种人际通行无阻，所以便"宁做鸡头，不做凤尾"，回乡屈就村官。

　　他在村长任上十多年，致力于本村经济建设，然终因条件所限，收效甚微。第一要紧的便是交通，其时村里不通公路，在我们抵达前一两年，曾有两批港台商人来此地考察，意欲投资办厂开矿，皆因路况、水电问题而未能达成协议。

这是最叫村长痛心的一件事情。"我×他妈，"他用北方的一句粗口恰当地表达了他的惋惜之情，"眼看着白花花的银子就是进不来，你说急不急？"他坐在办公室一张破旧的桌子前，寒暄之后，跟我们略谈了谈村里的情况，看上去愁眉不展，心事重重。

"你们来得正好，"他抬头看了我们一眼，勉强笑道，"汤先生是我们沿河村的朋友，我也不怕跟你们兜老底，我现在是一点法子都没有了，要不然我也不会去搞什么蔬菜运输。"

"什么蔬菜运输？"我们有些好奇。

"那儿——"他向户外指了指那辆旧货车，"走，出去看看。"说着便把我们领到那货车前。

那货车大约有六七成新，原是村长托关系从县城一家运输公司搞来的淘汰货。"买不起新的，只能这个凑合用用——"他围着货车转了一圈，随手在车身上拍拍打打，"不瞒你们说，就连这笔钱村里都出不起，家家户户凑一些，另外又从乡信用社贷了一些。"

他长长地吁了口气。"再看看那儿——"他指了指对面山脚下的那块菜田，"看到没有？ 长势多好！ 去年搞起来的，本来满心打算能挣一些，结果——唉，出了一档子事！"

不待我们追问，村长就骂骂咧咧地道出了实情。 原来，该村的"蔬菜运输"堪称一项工程，其耗资之大，跋路途之远，费人力之苦，均大大超出了我们的想象——他们不是在本省交易，而是翻山越岭把蔬菜送往广州！这使我们颇感意外，我们虽知从来两广是一家，却也没想到一个小山村竟会跨省做生意！况且当时粤人财大气粗，富可敌国，直令全国上下都要抖三抖！

村长告诉我们，问题就出在这里，蔬菜必须运往广东才能挣钱，而车至广东，又须经过层层关卡，缴足费用；起先他们还能对付，无奈近一段时间，关卡竟越设越多，各地公安、工商、交通、税务……家家都想搞创收，因此瞒天过海、巧设名目；这样一来，他们的"蔬菜运输"非但不能挣钱，反而要赔钱。

好在"群众的智慧是无穷的"，不久，该村也效仿其他车辆昼伏夜出，跟关卡打起了"敌退我进、敌进我退"的"游击战术"，这样支撑了一段时间，对方自然有所察觉，随之也增派人员，日夜守岗。

事情既到了这副田地，全村上下竟都一筹莫展了。这期间他们也曾尝试过"偷袭"。所谓偷袭，就是夜间趁值勤人员困倦之际，突发马力硬闯关卡（当时多不设路障），在前有堵截、后有追兵的情况下，尚能一路狂奔数十里，其中的惊心动魄、险象环生颇有点像港片里的"警匪大战"……此种景象，我们简直是闻所未闻，村民们（此时，屋里已陆续踅进来一些人）讲起来更是眉飞色舞，激情万丈。大概他们觉得很有趣？或是很认同自己在这场虚构游戏中所扮演的"匪徒"角色？

最不可思议的是关卡的态度，车辆既能"偷袭"，关卡
也就将计就计，先放它们过去，再一路苦追围剿，待把违章
车辆逼到路边，也不过是煞有介事地多开几张罚单、口头警
告一下而已，据说态度还非常客气。

"从来没打过你们吗？"我们问。

"没有。"

"也没有没收车辆，或是把你们关进局子里？"

"他们敢吗？ ——"一个村民轻蔑一笑，"第一，他们也
是违章；第二，他们主要为了这个——"他拿大拇指搓了搓
食指中指，做了个点钞的动作，"有什么大不了的，不就为几
个钱吗？ 他们敢用枪支弹药，我们就不会造土枪土炮？"

"什么？ 你们在造土炮？ ——"我吓了一跳，话还没
完，早引得屋子里一片哂笑。 他们笑什么？ 是笑我见的世
面太少？

村长朝人群瞪了一眼道："你们不要乱讲，什么土枪土
炮，传出去那是要杀头的——"又转头向我们解释道："别听
他们胡扯，他们就喜欢开玩笑！"他一脸诚恳，把手掌搓来
搓去的，一副心神不宁的样子。

他这样一副形貌，反使我两位师兄也坐不住了。 其中一
位狐疑地问道："怎么听着不像是玩笑？"

"没有，没有，"村长连忙否认，"确实是开玩笑。"

"那枪炮的事……"

"他们放的是空枪，"村长无奈地承认道，"这种事你们

也当真的？ 我们偷袭，他们开枪，都是闹着玩的，还不是为找点乐子，图个热闹！ 唉，关键不在这个！"

那么，关键在什么呢？ ——关键在偷袭之后的那笔"追加罚款"上，不难想象，那笔罚款自是数目惊人，比平常费用高出十数倍。

既是这样，我们又问：为什么还要偷袭呢？

得到的回答是：十之二三他们是能闯过去的，这于他们就有侥幸心，于关卡则说不清，也许是偶有两次佯追不得，兵法里所谓"欲擒故纵"计？

总之，在这场"猫捉老鼠，斗智斗勇"的游戏里，双方都心照不宣，乐此不疲；关键是成本问题，村会计算了一笔账，发现半年来他们挣少赔多，若再不悬崖勒马，全村经济将面临崩盘的危险；况且不久前村里刚遭过一次重创，被罚巨款五千元——主持罚事的是关卡里两个面生的年轻人，大概初来乍到，还不知其中游戏规则；这使得村民们一下子心灰意冷，觉得"这帮孙子太狠，赔不起"，因此一怒之下，单方面宣布退出这场游戏，"不跟他们玩了"。

我们的到来正是在这一时期，整个村子偃旗息鼓，休养生息。 村民们无所事事，情绪低落；村长更是心力交瘁，已经三天三夜没合眼了！

是啊，形势确实不容乐观：蔬菜疯长，瓜熟蒂落，许多果实已经烂在菜田里，以至于那天我们坐在村公所里，隐隐约约总闻见一股馊腐的气息，那气息似有若无，远兜近转，先是充塞于我们的鼻腔、口腔、胸腔，后来日渐变浓、变臭——浸入我们的身体：每一寸肌肤、每一个毛孔，直至最后直冲脑门，控制了我们的大脑……我们初来乍到，自是不觉得，但住下来不久，便觉精神恍惚，多疑易躁，看人待事总有一种梦幻色彩，情绪时而萎靡，时而亢奋——这种症状在医学上怎么说？大脑皮层失控？

而在此之前，听说村里一部分"少壮派"的态度也尤为激烈，责怪村长无能，责怪村长的忍气吞声实为"村耻"，况且不跟关卡玩"飙车大战"已有多天，直令他们心手俱痒，怒气冲天……我们后来知道，这才是村长真正担心的：村民们心中有风暴，稍有不慎，后果将不堪设想！

而这种内心的风暴，又岂是村长所能控制的？那天在村公所里，他跟我们诉苦，言及村官难当，言及在这蛮荒之地，民风蒙昧，得个由头就生事——"改革开放，经济搞活"谈何容易！关键是，他外出闯荡多年，也算是见过一番世面的，"有些事情我不能做！"

我们便问什么事不能做，他摇了摇头，似有难言之隐。

他只告诉我们，现在村里的情况就是这样，家家顿顿吃瓜果蔬菜，并且说"这是一道命令，人畜不得例外"。

"什么，畜生也吃这玩意儿？"

"是啊——"村长苦着脸说，"这是村里最不值钱的东西了。再加上现在情况紧急，我们必须能省则省，以防将来万一……"

见我们露出惊讶的神色，他指了指自己的脸色说："难道你们没看出来吗？"

"看出什么？"

"一脸菜色！"他严肃地说。

"啊，难道你们不吃粮食？"

村长叹了口气，颇为悲壮地告诉我们，他已经有好多天不沾米粒了，吃饭对他来说就像一场梦；然而现在"村难"时期，他必须以身作则，跟村民们共渡难关；况且家家户户的粮食都已收归公有，就是想吃也没得吃了。

"什么？"我们再次惊讶地叫出声来，"这是谁的命令？是你吗？"

"当然不是！"村长扬声说道，"我怎么会做出这种荒唐事来呢！ 我受党的教育多年，最起码知道人民享有吃饭权。现在都什么时代了——"他声音沙哑，神情悲愤，"他们这样做是犯法的！"

"他们是谁？"

"激进派。"他低声地咕哝了一句。

他说得如此煞有介事，我和两位师兄互相看了看，突然如堕五里雾中；而就当时的情形而言，有一点是真的，村长的权力被架空了，民间有一股新生力量正在生成，与他对峙，逼他就范。 我们也似乎预感到了什么，这预感直令我们浑身颤抖，血脉偾张！

而此时，屋里屋外已挤满了数圈村民，他们定然地站在那儿，多是面黄肌瘦，神色庄严，他们在干什么？ 难道是在"请战"？ 下午的阳光照得屋子里明晃晃的，也不知是否因背光而立，使得那一具具矮小壮实的身躯，落在地上是人影幢幢，落在眼里则显得面目模糊。 那一瞬间，我突然有种亦真亦幻的感觉，似乎我眼中所见，并不是现时代的村民，而是古战场的勇士。

我的心紧锣密鼓地跳了几下，几乎近于窒息。 难道一场"战争"即将爆发？ 难道汤先生在战乱时期也未能目睹的场面，将在我们这个时代被模拟复制？ 一想到这里，我便感到喉咙紧涩，血液沸腾。 是啊，那时我们多年轻，青春、狂想、热血、革命……从来都是同一个词，而这个词，某种意义上又是和沿河村紧密相连的。

四

晚餐之后，我们三人到寨子里转了转，发现整个村寨规划整齐，有欣欣向荣之气：村舍，猪圈，农田，水渠……有两户殷实人家已住上了小楼，实现了机械化——拥有像手扶拖拉机、电动三轮车等货运工具——想必这就是所谓"先富起来的那部分人"？

村里有一所小学，几间旧教舍，外墙上刷有"改革开放好！ 好！ 好！"等标语口号；村民们忙忙碌碌，看不大出异样；或见一两村童光着身子跑来跑去，肤色黑亮，闪着油光，身形上很像我小时候见过的泥鳅；其眼窝深陷，神情灵异，乍一看又如同小动物。

我们一路走来，想起下午在村公所的一幕，又对照眼前的村寨风光，如何能衔接得上？ 难道村公所的一幕是我们旅途劳累产生的幻觉？ 但何至于三人都有同样的幻觉？ 难道村公所的一幕，是我们夸大了某些细节而做出的误判？

走至一口古井旁，见一妇人正在冲凉，光着上身，奶子瘪瘪长长；两位师兄相视一笑，慌忙逃走；而村民们却熟视无睹，经过她身边时竟不忘打个招呼；我一旁看着，简直傻掉，想着是否要为我们的文明感到羞愧，想了半天，也没有得出结论。

我们被安排住在村公所里，晚上冲完凉，便坐在屋前乘凉，坐小竹椅，摇芭蕉扇，抬头看满天繁星，似乎又回到了小时候那童话一般纯净简朴的年代，那时夜更黑，星星更亮，四周静得人发慌，只听得一片片蝉声蛙鸣，使黑夜越发漫长……多少年过去了，这一幕早已消逝不再，不想今夜却在村寨的上空复活，怎能不叫人身心荡漾，忍不住跳起来，对着茫茫夜空发一声长啸！

我们正在说笑，却见一束手电筒的光芒从远处射过来，那光芒摇摇晃晃，左冲右突，恰如鬼魅一般。 我们都愣了一下，正在狐疑，却听得一阵杂沓的脚步声正爬上坡来，星光中也来不及辨认，只见得黑影团团，总有三四人不止；那光芒越逼越近，走至身边突然熄掉，跟着是一阵呵呵笑声，原来是胡性来。

胡性来先领几个人进了屋，点上煤油灯（其时村里还没通电），作了一番安置之后，出来和我们聊天，他坐在走廊牙子上，手里把玩着一串钥匙，不停地颠上颠下。

我们问："你们这是干什么？"

他回头看了看那间屋子，里头传来摔扑克的声音，笑道："还能干什么？ 斗地主呗！"

"我们不是问这个！"

"那你们想问什么？"他伸手接住钥匙，看了我们一眼，说，"有些事不要知道得太多，真的，这对你们不好！"他说得蹊跷，我们反而不知如何作答了。

隔了一会儿，他又幽幽地说道："知道得太多，我怕你们走不出这个村子了。"

"有这么严重吗？"我突然觉得一阵阴风飕飕的，也许是夜深人静的缘故？

"现在村里的情况非常复杂，"胡性来收起钥匙，点上一支烟，沉吟了一会儿，说，"我们是来站岗的。"

"站岗？ 站什么岗？"

他朝十米开外的地方努努嘴，那儿泊着那辆旧货车，"有人想抢去当战车用——"我们三人面面相觑，下午村长办公室的一幕又回来了，似真？ 似幻？ 远远传来几声狗吠，隐隐约约又是几声鸡鸣，才晚上十来点钟光景，乡村的夜显得更加寂静。

"他们想袭警。"胡性来淡淡地说。

我们"噢"了一声，这才恍然大悟："你们是村长的人？"

胡性来摇摇头，一本正经地说："我们是主和派。"

我们越发好奇："难道村长不是主和派？"

"他？"胡性来冷笑一声，"他是骑墙派！"

我们三人"扑哧"笑了，顿感兴味十足。看来当前的局势确实十分混乱，战争还未打响，内乱已经来临；而作为一村之长的胡道宽同志，其态度摇摆软弱，直令全村上下都不满意！

"到底怎样，你也放个屁，吱一声，"胡性来抱怨道，"可他倒好，整天忙着调停！老实说，这事是你能调停的吗？"

"村长不想打——"我们说。

"那当然，也不能打！"胡性来抢过话头，说，"他要是连这点都看不清，还当什么村长！你们看看——"他把双肘支在膝盖上，跟我们分析当前的经济形势，"打下去怎么办？还要不要改革开放？还要不要奔小康？当然了，有人不在乎，他们穷得叮当响，他们是赤脚不怕穿鞋的，可是我们就完了！"

我们都点头称是。确实，战争从来多由穷人发起，而胡性来是村子里的富户，是少数几户拥有手扶拖拉机的人家之一，所以，谁发动战争，他就跟谁玩命。他把钥匙串掏出来，再次颠上颠下的，左手抛，右手接，跟小孩儿玩杂技似的，一边说："人在车在，想在我的眼皮子底下把车弄走，却是不容易，我们现在是二十四小时轮班站岗！"

原来几天前，"主战派"的几员干将曾对该车实施过抢劫，出此下策实在是迫不得已；村长既已指望不上，他们就想跳过村长的授权，独自发动战争，本来这是可行的，他们人多势众，有雄厚的群众基础，有舆论，有纲领，有明确的战争口号——"为名誉而战，为生存而战"；某种程度上控制了村政权，对全村实行军事化管理：粮食收归公有；禁止夜间赌博；禁止打架斗殴；备战备荒；全村十四岁以上男子必须加强体格训练……总之"万事俱全，只欠东风"：他们现在急需一辆车，否则就无从发动战争！

"当心你的手扶拖拉机！"两位师兄提醒道。

胡性来笃定地笑了笑，原来他早有防备：现在村子里的富户早已团结在一起，他们保村护车，俨然成了一家人；再加上他们的七姑八姨，外县的，邻村的……都纷纷加入这个利益共同体里来，站在村口，把持关隘，成了阻碍战争发生的强大力量……所以胡性来说："我不是一个人在战斗！"

我们大开眼界，这才知道，战争从来不是孤立的存在，越来越多的人将被卷入其中，到末了变成一场混战！而且战争也改变了村里的人际格局，原来的朋友反目成仇，原来的敌人变成了战友……或许，真是验证了那句古话：这世上只有永恒的利益，没有永恒的敌友？

就连我们这些外围看热闹的，此时也身不由己地搅和其中。第一，我们反对内战；第二，作为村长和胡性来的朋友，我们将随时准备就"两派关系"进行斡旋，商量和平解决的途径，尽量保持中立，做到客观公正……事后想想，这想法虚妄得很；战争期间，非敌即友，我们即便有中立之心，最终怕也被归入"统一战线"，成为村长和胡性来的说客！由此得知，人活一世，做到公正谈何容易！

我们正在讨论，却听得身边几声"蝈蝈儿"叫，正在纳闷，却见胡性来站起来，从腰间摸出对讲机，一路"哼哼哈哈"的，踱步到几米开外的地方；我们看着他的背影，但见他虎背熊腰，一手叉腰，其阔气豪迈颇像老板手拿"大哥大"——那时普天之下还没几个老板能拿上"大哥大"！

胡性来说："好！好！我知道了！"他挂掉对讲机，直奔"棋牌室"，还未至门口，便听他一声令下："弟兄们，准备开会！"

两位师兄跟在他身后，一路惊问："什么会？"

胡性来只简单地回了句"支部会"，便背着双手，在走廊上踱来踱去；偶尔他也会倚着廊柱，抬头遥望灿烂的星空，小眼睛一眨一眨的，看上去很是焦虑。原来，这场"支部会"是在"主战派"的胁迫下召开的（支部里多是他们的人），这正是胡性来感到疑惑的：这些人到底想干什么？难不成会有一场阴谋？

此时，几位牌友已把胡性来团团围住，在走廊上，正紧锣密鼓地商量着什么（方言听不太懂）。胡性来点头，挥了挥手，牌友们立即兵分几路，向寨下奔去，想必是去搬救兵或发动群众。我们情急之下也跟着他们走，却被胡性来一声喝住："干什么去！"

我们一下子蒙了，半天不能反应：怎么一刹那就换了副腔调？难道是怕我们当叛徒？突然明白现在形势危急，胡性来也不再是个普通农民，俨然成了一方将领；我们少不得蹩回身来，跟他请示：我们想去看个究竟，希望他能批准！

胡性来这才认出是我们，拍了拍脑门笑道："我真是糊涂了！"他再次挥了挥手，声音温柔："夜太黑，路上当心安全！"很像一副长官的口吻。那一瞬间，我们心里头那个热乎，差点错把自己当成他的下官！

我们跟着一个牌友进了村，发现整个村寨已倾巢出动，村民们手持火把、铁锹、锅铲、大刀，正你推我搡往村公所方向跑；一时也分不清哪个派别的，也来不及问什么。挨家挨户地砸门，开门的或有老人，或有孩童，叽叽哇哇说上几句，也听不懂说什么……如此一来，大约半小时以后，我们才赶回村公所，发现坡上坡下早已人头攒动，直把周围一里地围得水泄不通！

待挤进会场，发现里面更是乱成了一锅粥，屋子里济济一堂，各自分成几个片区，站着的，坐着的，蹲着的，总有几十口人，互相嚷得不可开交——有拍桌打板的，也有哭爹骂娘的；一时也没闹明白，这到底是什么名目的会议：支部会？ 干部会？ 党员大会？ 人民代表大会？

会议由村长主持（他在村里是党政一肩挑，兼任书记），议程很长，议项很多，概而言之可归为一条：论目前沿河村经济发展与安定团结之辩证关系……我们饶有趣味地听了一会儿，发现一个有趣的现象：村长正在装样！ 此刻，他正坐在一张桌子旁，昏黄的煤油灯底下，能很分明看见他的脸，双眉紧锁，神情凝重，他一会儿看看这个片区，一会儿听听那个片区，不时在本子上记着什么。 他装得很像，一脸忠厚，貌似无辜；是啊，不装样他又能干什么？ 在目前的形势下，他是既不能战，也不能和，手里没几个兵力，因而也不敢"安内"，只能采取一个方式：拖！ 他是能拖一刻是一刻，拖不下去怎么办，那就只有天知道了。

也正是在这样的场合里，我们得以见识了"主战派"的英勇风姿，他们个个都是勇士，前退伍军人出身，血统高贵，彪悍异常，领头的是一个名叫胡道广的年轻人，村长的堂弟，此刻正闲适地倚着墙角，双手抱胸，面带微笑，很悠然地看着沸腾的会场。 我心里一动，觉得大人物就该是这副模样，一时怀疑自己是否爱上了他。

这胡道广生得黑瘦精干，浓眉杏眼，一看就知是条好汉。 他是前消防队员，身手敏捷，体魄健壮，曾因救死扶伤受过某武警消防支队的嘉奖，以至于退伍多年，仍沉浸在过去的荣光里不能自拔；他深得村长器重，委以民兵营长一职——村里的体制颇有些怪异，有不少是沿袭了"文革"的设置，也许这里是边地，军防之外还需民防？

这胡道广手里既握有军权，务农之余便不忘带兵操练，然而和平时期毕竟不同于战时，上面既不拨经费，他们也就无从配备服装军备，因此练来练去还是农民。而与此同时，村民们多忙于发财致富，一年年眼看有些人家已经当上了"万元户"，而他则穷得娶不上媳妇，怎能不叫人气闷！

概之，若不是这场意外，道广也就是村子里一普通的穷人，种田，带兵，怨天尤人，他将含恨终老于街巷，为找不着自己的身份；然而谁能想到呢，当下时势突变，属于道广的时代终于来临——村长临战畏缩，而人民需要领袖；道广振臂一呼，就这样成了救世主。

今晚这个会，是"主战派"蓄谋已久的，这是他们最后的机会了：不惜一切代价逼促村长抗战，成立临时政府。手段包括：软禁村长；武装夺取村政权；打倒"主和派"；消灭一切"地富反坏右"……具体怎样，还要视会场情况而定——会场细节，种种可能性，临场应变措施，早在几天前就已密谋就绪。可是道广却谋而不断，迟迟拿不定主意是否真的要对他的村长堂兄下手——两人关系一向极睦。他这才知道，革命是要付出代价、道义、情感的……革命不是请客吃饭！

开会前两小时，道广还在自家的院子里转圈；他的身旁，乌压压站了一地的好汉，双手握拳，志在必得；篱笆墙外，是自发来参战的人民群众……道广很知道，事已至此，已经由不得他做主了——革命的火种既已播下，即成"星火燎原"之势，倘若他逆历史潮流，胆敢说个"不"字，则这火首先扑的就是他！

道广是个聪明人，最会应变；况且在短暂的领袖生涯中，他已经尝到了一呼百应的好处，这好处带给他尊严、信心、勇气、谋略……"说穿了，它就是权力。"道广后来告诉我。

临出发前，道广抬头看了一眼遥远的星空（像胡性来一样，他也看不到今晚"会议"的结果），轻轻地吐了口气，以他一贯的寡言少语，说一句"走吧"——那一刻，没有人知道他作为领袖的孤独、彷徨。

所以那天晚上，我在会场上看到的道广并不是真实的道广——真实的道广，他慈悲，悲壮，他站在他堂兄的对立面，胸怀牺牲精神，今晚"不是他死，就是我亡"，因而对于家族而言，无论如何都显得悲凉。而且他看到了，他的队伍受控于某种情绪，越发变得疯狂，会场内外，不时听到"打倒反革命""打倒胡道宽"的口号……道广不喜欢这些，可是又无能为力，他感到自己很小很小，他突然意识到，历史是由人民创造的，而不是他胡道广。他觉得悲凉。

而与此同时，胡性来一派也在摩拳擦掌、暗中布派；可怜的村长还在演戏，至少这一刻，他还是名义上的会议主持人，该履行他的职责。听，革命的号角已经吹响；看，内战的风云正写在每个人的脸上！可是村长临危不惧，他看了看会场，知道今晚"战和两派"必有火拼，搞不好甚至会出人命！ 至于他自己，那就兵来将挡，由它去了！ 但是有一点他心知肚明，就是宁愿引起内乱，也不能答应战争！

"你们说是不是这个理？ 我担不了这责任！"那天晚上，我们刚进会场，便挤过去嘱咐他两句，他表态说，他有数，他还没昏到那程度！

然而谁能想到呢，后来情势突变，战和两派并没有火拼，而村长的表现也够让人吃惊的！ 不过我们都佩服他的镇定，在情势一触即发的情况下，他犹能装作一副懵懂无知状，把会议主持得像模像样。 他指指一个正在奶孩子的妇女说："你，起来说说看，当前的局势是要抗战还是要安定？"

"安定你个头！"那妇女懵懵懂懂地说，"我是出来上厕所的，听说这儿有夜宵吃，现在夜宵在哪儿，什么时候开吃？"

全屋子的人都笑了，我们也跟着笑，心里却不由得犯嘀咕：这样下去该如何收场，村长能控制得了局面吗？ 再看道广，此刻正眼波流转，在对身边的马仔使眼色，也许他觉得时机已成熟，擒贼先擒王，是到了该对村长下手的时候了？

我们情急之下，正待上前交涉；然而村长何等人也，何需我们出手！ 他眼观四路，耳听八方，那一刻，但见他脸色铁青，腮上的肉"咕嘟咕嘟"在跳！ 他突然拍案而起，发表了一通慷慨激昂的演说，大意是：现在外敌当前，全村人民更加要团结一致，万众一心！ 他作为一村之长、村支部书记，现在代表全村人民宣誓——打倒关卡！誓死不屈！

全场一片哗然，接着是一阵震耳欲聋的欢呼声——可能连"主战派"自己也没料到，形势竟扶摇直上，变得一片大好，甚至都没等他们来造反！

我们也瞠目结舌，没想到村长突然转向，这就是说，要开战了？

我们眼前一黑，深知这仗打不得，以弱敌强，以寡敌众，最后的结果必将是灾难性的！奈何民众的激情已经燃烧，那恰如黄河决堤，一泻千里，使得一向稳妥、坚强的村长，最终没能顶住压力，屈从了民意，由理性走向疯狂。

那么胡性来呢，胡性来在哪儿？直到这时，我们才想起他，把他视为沿河村最后的希望！我们转头找了半天，好不容易才在人群里看见他：哥儿几个正缩在墙角，面色仓皇，交头接耳；只见他微皱眉头，原本机灵的小眼睛呆呆地看着村长，一边听群众意见，一边摇头，摇头，再摇头。

我们一阵绝望，难道事态已经没救了？

然而就在这节骨眼上，却见胡性来拨开人群，向村长走去；那一瞬间，我的心突然停止了跳动：胡性来想干什么？他可不能冲动！留给"主和派"的时间不多了，我们三人脑子里一片空白，确实不知道下面该怎么弄！

胡性来走至中途突然停下，原来村长又一次发表演讲，开始"战前总动员"，他把手心朝下压了压，示意大家安静！

我们趁机挤到胡性来身边，跟他握了握手，发现他手心冰凉，微微颤抖；他朝我们惨然一笑，一副豁出去的样子，又反过来安慰我们："没的事，我有办法让他收回命令。 先听听他放什么屁！"

原来，所谓的"战前总动员"，不过是排兵布阵，论功行赏；而他胡道宽，"作为一村之长、这次战争的总指挥"——

胡性来听了，从鼻子里哼了一声，骂道："听听，狗尾巴翘起来了！ 就知道这人靠不住，心心念念只想保住他的官位！ 我以前说他是墙头草没错吧？ 哪边风大，他就跟着哪边跑！"

我们一听也对，思前想后，觉得胡性来的说法也许更靠谱：村长屈从的并不是民意，而是他的领袖地位。 或者这两者本来就是一回事？

胡性来又说："他下面就要封官了。"

我们侧耳听了一会儿，差点没笑出声来！ 果然，作为这次战争的总指挥，村长正式宣布，把全村定为团级编制（他倒不贪大），从此，村长摇身一变为团长（跟他在军中的职位相同），下面政委、副团……均是原村公所的核心成员；应该说，作为老练的政客，村长成功安抚了老部下，重新稳住了局面。

稍微头疼的是胡道广，不难推测，村长恨他的堂弟！ 但既已掌握了政权而手里又没有军权，他决定既往不咎，以大业为重,人才该用还得用! 最后他宣布:任命胡道广为一营营长,任命胡道阔为二营营长,任命胡方善为三营营长——他顿了一下,抬眼扫视全场,以一种更加坚决、肯定的语气:任命胡性来为四营营长!

会场再次哗然;我们也吓了一大跳,初以为自己听错了;别人尚可,胡性来是地道的"反战派",这事跟他有什么关系?

转头欲问胡性来,他大约也吃惊不小,脸上顿现惊愕的神情,慢慢地,却是眉眼舒展,嘴角上翘,他突然笑了——这是今天晚上他第一次露出笑容,愉快,神秘,微妙——堪称蒙娜丽莎微笑之男性版!

唉,经过这一天一夜的周折,我们已经长了见识,所以对胡性来那一副喜悦陶醉的神情,也就不以为怪,反报以同情和理解。 是啊,位高权重谁不爱? 换位想想,假若我们是胡性来,一个普通的前士兵,一个现任的老百姓——虽是"主和派"将领,毕竟未经官方认可,算不得数——现在突被委以重任:由草根变精英,由民间入主流,我们会怎样?就一定比胡性来做得更漂亮?

同时对村长也愈加佩服:此人深谙人性,善于平衡各方关系,且又反应机敏,以一己之力,当机立断,终得以把沿河村从内战的边缘拖了回来! 可是这样一来,又回到了老问题上:和关卡的战争!

突然想起半小时之前,胡性来留下的那个悬念:他有办法让村长收回决定！ ——他能有什么办法呢？ 转头看他，却见他半痴半傻，仍在微笑；推他一下，也是半天没有反应；我们三人一声长叹，知道沿河村完了，这最后一根救命稻草已被招安，此刻得了魔怔！

正一筹莫展时，却听得胡性来转过头来问："什么事？"

我们说："真的要打呀？"

胡性来把眼睛眯成一条线，沉思良久；他慢慢地摇了摇头，半晌才道："打不得——"他朝会场看了一眼："有人会要我命的！"

我们看过去，果然，"主和派"那边早已群情激奋，几双眼睛正盯着胡性来，虎视眈眈，面呈怒色！ 我们叹了口气，看来内乱远没有结束，现在"主和派"内部又出现矛盾——领袖既被招安，手下却没得到惠处——如此分配不公，怎能不引起仇恨！

我们看了一眼胡性来，苦笑道："你现在麻烦了，一旦接受军职，他们第一就革你的命！"

胡性来"唉"了一声："所以说呢，基层工作最难搞！哪个都不能得罪！"

"那下面怎么办？ 打还是不打？"

"现在不是打不打的问题，"胡性来说，"现在是打也流血，不打也流血！"

"那怎么办？ 推翻村长的决定重来？"

胡性来摇了摇头："来不及了，看能不能修改一下？"

"啊？ 修改？"

"是的，修改！"胡性来点点头，"要改到所有人都满意，要照顾方方面面的利益，你的，我的，一切人的！ 这是避免流血冲突的唯一路子了！"

"这怎么可能？"我们质疑。

"没别的法子了，"胡性来叹了口气，"你们也一块儿想想吧，救救这帮狗娘养的！"他看了一眼会场，低声骂道，"全是一群蠢猪，疯狗！ 成天就知道打打杀杀，逞一时之气，各打各的小九九，全不看后果！ ——"说到这里，他声音打战，满怀悲愤，"而这就是人民！"

"人民？"我们都愣了一下，这是哪朝哪代的词汇？ 听来新鲜得很！

"也包括我在内！"胡性来嘀咕了这一句，便扭头看向窗外，大概致力于他挽救沿河村的伟大构想里去了。

那一刻，我们三人都非常感动，且心里五味杂陈，感慨丛生。 是啊，这才是我们熟悉的胡性来——相识虽短，相知却深——可爱，真实，也有自己的小算盘；虽一介平民，却肩负责任，现在，他首先要避免流血事件，而后要照顾方方面面！

作为一个前军人，一个彻底的和平主义者，一个万元户，一个新任不久的四营营长，他正在想一个万全之计：拥有这一切！ 他要满足所有人的愿望：主战派，主和派。 他要恢复村里的秩序，维持安定团结的局面，坚持改革开放不动摇！ 他要当官的当官，发财的发财，他要让军人回到战场，重新找回热血和尊严——那风驰电掣般的酥麻感！

现在，他仍在发痴发呆，把眼睛看向虚空的某个地方，偶尔也会眨一眨；他脸色潮红，汗流满面，神秘的微笑挂在嘴边；突然，他把右手握成拳状，朝左掌心猛地一撞——惊得我们一身冷汗！ 难道他已经得计了？

他摇了摇头，轻轻地吐了口气，似乎在考量这个修订版的决定是否具有可操作性；然后，他朝我们看了一眼，目光遥远而坚定，像个赴死的烈士。 我们急忙问道："有了？"

他点了点头，还不待我们说什么，便拨开人群，向村长走去。 那一瞬间，我看见他做了个小动作，把右手放在胸前，画了个"十"字！ ——天啊，他竟需要神的祈福！ 毋庸置疑，这是个疯狂的创意，估计能把一些老弱病残给吓死！

首先是村长，他的反应让我们感到很紧张，他呆呆地看着胡性来，好像没怎么听明白。 胡性来再次凑近他耳下，村长的脸色开始泛白、泛青，有了红晕，直至满脸涨红；他突然推开胡性来，把他打量了一番。

此时，屋子里早已安静了下来，大家都意识到，沿河村的命运将再次转向，是"战"是"和"还说不定！

胡性来说："决定权在你！"

村长擦了擦汗说："太冒险了！"

胡性来说："试试看吧，除非你不想搞经济！"

村长把眼睛眨了眨，看上去很是动心——"搞经济"是他的至爱！作为一个紧跟形势的基层干部，他懂得这个词在当前的意义！他把手指不停地磕着桌面，似乎仍拿不定主意，看着胡性来，似笑非笑地问道："你是说化装？"

安静的屋子一下子炸开了，大家都不明白怎么回事，却又预感这件事一定比战争更带劲儿！"主战派"那边首先沸腾了，自然，他们脑子里闪过的第一个念头是化装成军人——平时，他们只敢想着和关卡去拼命，却从不敢奢望有一天他们还会返回头去再做军人！——而这，正是他们的梦想和目的地！

那久违的青春年代：营地、男子气、驳壳枪、野战训练……此刻，全都连在一起了，记忆开始苏醒，神经突然受刺激，人群中有人在号叫，有人开始哭泣！即便冷静如胡道广，此时也一阵头晕目眩，需把双手扶着墙壁！他看着疯狂的人群，这才知道自己这些天来的努力，并不为别的，只为重温往昔那峥嵘岁月，为当一个士兵，哪怕仅仅看上去像个士兵！

"主和派"这边也稍稍安了心，他们的领袖不受名利的诱惑，关键时刻挺身而出，想出这等馊主意，无论如何，替他们争取了和平，使他们可以继续做点小生意；而且化装嘛，假扮的，非男子汉所为！可怜"主战派"一腔热血，现被玩弄至此却不自知——他们笑了，为自己的胜利，因而也开始大喊大叫，击掌庆贺！

村长很受鼓舞，他环视全场，看群魔乱舞，听"化装"一词像鼓点一样在人群中有节奏地响起，从"主战派"到"主和派"，从屋里到屋外，这个词可谓异口同声，从不同的嘴巴里吐出来，形成一股热浪，掠过人群，飘出窗外，震荡在村寨的上方，直至响彻云霄和山谷！

而此时，天就要亮了，启明星遥挂夜空，闪烁，迷离，从窗口便可看得见——村长的眼里突然浸满了泪水：是的，漫长的黑夜过去了，黎明即将来临！ 现在，沿河村的村民们重新站在一起，载歌载舞，单纯如初民……此情此景，纵是石头见了也难免动情！

村长决定顺从民意（天地良心，这次是真的），采纳这个"化装版"的修订方案，于是再次把手心朝下压了压，示意大家安静，可是村民们早已陷入狂欢之中——究竟连"化装"是怎么一回事他们也没搞明白。

村长喃喃地骂了一句粗口，手搭桌面，只纵身一跃，便站到了桌子上，这个漂亮的动作非但没能使人群安静，反而把狂欢送进了高潮，于是他不得不手持喇叭状，用尽平生力气喊出了几句话——我们立即挤过去，也只听得几个关键词：军人，军车，关卡，免费……连起来便是：军车进出关卡无须交费！

一下子明白了，胡性来的"化装"正是利用了这一点：村民扮成军人，货车改为军车，这样既做回了士兵，又避免了战争；既报复了关卡，蔬菜运输也得以通行无阻！

那一瞬间，我们三人再也憋不住了，加入了狂欢的人群。村长再次纵身一跃，向人群扑去；胡性来索性躺倒在地，做昏倒状，直到被人群架起来，把他和村长一起扔向空中！我们一群人自动围成一个圈，对着他们大声喊叫："化装！化装！化装！"

伟大的胡性来，他今天晚上立功了——他立功了！伟大的沿河村村民，他继承了中国农民光荣的传统！他超越了人智的极限，挽救了沿河村，他把人民从一种疯狂带进另一种疯狂，他是全村人民的大救星！

这个化装对于关卡而言，是一个绝对理论上的绝杀，一个点球，一个死角！沿河村人民从此站起来了！"伟大的胡性来万岁！"——人群中有人开始喊口号，其歇斯底里、神魂附体堪称很多年后黄健翔在世界杯赛场上的预演！确实，这次胜利来之不易，它属于沿河村，属于村长，属于"主战派"和"主和派"，属于所有"被侮辱和被损害的"中国农民！

我们仨也激动得彻夜不眠，除了跟村民们一起狂欢，还不忘自己的责任所在，想着要给这次化装命名，以期让人们记住这一天、这个地点、这个人、这件事，所以它的命名分别是："'7·23'事变"，"村公所事变"，"胡性来方案"或"胡性来决议"，"和平演变"。

五

接下来的几天里，村子里一片混乱，我们也由此见证了一个村庄在改制为兵团的过程中所经历的艰难、曲折、迂回、纷扰。首先是村民们，他们需要恢复体力，是啊，"狂欢"消耗了人们太多的激情，他们得歇一歇，透透气。

而且随着"化装行动"的筹备，军管结束了，粮食又分还给村民，家家户户可以吃上米饭、腊肉——堆得满满的一海碗——蹲在家门口，站在村路旁，见人就打招呼："吃了吗？来家吃一会儿？"这场景不啻过年。

我们眼见得村民们如此自足，个个脸色红润，神情愉悦，不像是要有行动的样子，整个村子洋溢着一股祥和、饱闷、慵懒的气息，难道他们已经忘了化装这回事？

两位师兄认为这是有可能的，想来这是人民群众的特点：盲从，健忘，行止具有即时性。

胡道广也唉声叹气，悔不该答应村长先把粮食分还给村民，"都是吃饭惹的祸"，那天他跑过来找我们聊天，商量下一步该怎么走。现在村里的情况是，村民们已经失去了斗志，米饭和腊肉使得他们心满意足。

"不管怎么说，得让他们饿一饿，"那天道广坐在门槛上，若有所思地说，"你们说奇怪不奇怪，一旦有吃有喝，他们就全指望不上了！"

两位师兄笑了起来。 本来嘛，饱暖思淫欲——他们告诉道广，群众的力量并不来自吃饱喝足，而是来自饥饿，来自有人承诺他们摆脱饥饿、走向吃饱喝足的过程中。

道广想了想，问："你们的意思是发动群众？"

"你已经错过机会了。"两位师兄坦诚相告。

道广摇了摇头，他认为问题不在这里，发动群众方面他可是高手——问题在于"上层的某些领导"现在又开始犹豫了！

"这事怎么能犹豫呢？"道广在屋子里踱了两步，试图向我们说明一个道理，凡事都需要一点冲动，从决定、动员、化装、出发，各个环节都得趁热打铁，不能深思熟虑。 道广的意思是，思想是可怕的，一旦有时间思来想去，"化装"的荒谬性就显示了——虽然它本来就是荒谬的。

道广的原话是这样说的："你们不觉得这事很荒唐吗？"

——是的，我们有时这样觉得。

"我也是，"道广指了指脑子，"这就是想出来的结果。"

我们都叹了口气。 说什么好呢？ 时局呈现了太多的复杂性，试想，连道广这样的一介武夫都在"思考"，得出一个荒唐的结果，更何况村长？ 一夜狂欢之后，村长很快就醒了，第二天跑过来找我们商量，问这事能不能做。 我们也如梦初醒，觉得此事不妥。 可问题是，决议既出，而且兵团的编制已经宣布了——

"我可以不认账的，"村长用手抚着桌面，看得出他有点激动，那只粗糙的大手在微微颤抖，"我就说这是闹着玩的，这是在开玩笑！看他们能把我怎么着！"他看了我们一眼，狡黠地笑了。

村长自然可以不认账，群众也不能把他怎么着！——想来，出尔反尔是他这一行的职业要求，无关乎他的人品道德，因为在后来的兵团生涯中，我们将会看到另一个村长——届时是团长，他一言九鼎，奖罚分明，军靴踩得叭叭响，他友善、严厉，强调纪律和秩序。当然这是后话了，总之他把团长做得很像，跟现在的村长不是一个人。

这是一个很奇怪的现象。

是什么造就了这种奇怪的现象？老实说，我们也不知道。

总之，在村长还是村长的这两天——只剩下两天了，村子里乱糟糟的，大家都晕头转向，谁也看不到沿河村未来的走向。在经过一番艰难、困苦、惊险的讨价还价之后，谁都以为事情解决了，可是一觉醒来，原来它只是开玩笑！

而且事后回想，整个改制过程也是一笔糊涂账，直到那天黄昏，村民们点燃了一挂炮仗，在震耳欲聋的鞭炮声中，几个民兵腼腆地换上军装，一边嘻嘻哈哈、打打闹闹；直到他们跳上军车，紧一紧捆菜的绳子，然后"呜"的一声汽笛响，十几个小孩跟着车屁股跑；直到村民们手搭凉棚，看着军车和孩子们消失在漫天尘土和黄昏中——直到这一刻，村民们仍半信半疑："这么说，现在我们是当兵的了？"

村长在走廊上来回踱步，又是不安，又是激动——无法表达这复杂的感情，他只好搓了搓手，骂了一句："狗娘养的，这下玩大发了！"

就是说，全村上下，只有村长知道这意味着什么——意味着他们迈上了一条不归路；全村上下，只有村长还没有发疯，虽然局势早已失控，以至最后连他自己也没搞明白，军车怎么就上了路。就是说，一切都是在混乱之下发生的，村长一直坚持到最后。

村长该对这起"化装事件"负责吗？说不太好，这是一个谜语。我们一方面认为他半推半就，一方面也理解他的苦楚——后来当他回首往事，也觉得他在村长任上的最后几天不堪回首，像一场噩梦。

他的意思是，他这村官当得很辛苦，首先他要平衡各方关系，上有经济指标，下有利益诉求，"我顾哪头？"问题还在于，他一个人说了根本不算数，村民们动不动就跟他要民主，鸡一嘴鸭一句的，反不及他当团长来得干脆利落。

"我还算个讲民主的人吧？"他认真地问。

我们都点了点头。确实，他性格妥帖、稳当，为人也还算厚道，平时很注意照顾村民的情绪——生怕出纰漏——干群关系算是处理得不错的。

"可是我告诉你们，坏就坏在这里！"他把手一挥，在团部（原村长办公室）踱了两步，"结果怎么样？结果失控了，变成团部了！"

　　团长说错了吗？ 没有。 很多年后，我还记得他给我们
上的这堂"民主生活课"，他痛心疾首地说："这东西没用
处，误事不说，而且没一点效率。"——很多年后我都记得
他这句话，很多年后，每当有人大谈民主的时候，我一般是
不说话的，因为我到过基层，我知道他们的难处。

　　总之那两天，我从来没见过像村长那样痛苦焦灼的人，
一方面"化装行动"正在紧锣密鼓地筹备，一方面他又不分
昼夜地找我们开会，论证这事是否存在哪怕一点点"政治上
的正确性"，——当然没有，这一点他比我们更清楚！ 他只
是需要信心和帮助，尤其是我们三个人，两个硕士、一个博
士，在他看来就是"知识分子"了，不用说"脑子够用"。

　　村长说："再想想看，找出一点我就干！"

　　我们搜肠刮肚，根据自己所掌握的不多的一点经济学常
识，以及对当前局势的判断，告诉他"冒险也许是必要
的"，毕竟发展是硬道理，至于如何发展，上面也莫衷一
是。 两位师兄又举例说明，目前珠三角、长三角也都在摸着
石头过河，胆子大得很，总之犯错误是难免的——不犯错误
如何搞得了"市场经济"，只能去搞"社会主义"！

　　村长茫然地问："难道它们有那么矛盾？"

　　两位师兄摆摆手，告诉村长，"姓社姓资"那是上边的
事，目前正在讨论，会有人给出标准答案的，我们现在要做
的是发展经济，让村民们过上好日子——

村长怯弱地说:"可是我不能去触底线——"

"你不试怎么知道那是底线?"

"那还用试? 假冒军人那是犯法的事。"

"那你就等着村民们发动一场战争!"

村长把头抵着墙壁,痛苦地摇来晃去,"我只是想搞经济——"这时一阵微风吹过,送来瓜果蔬菜腐烂的气息,浓郁得直使我们打喷嚏。

"谁不想搞经济?"两位师兄沉痛地说,"关卡也要生存,也讲效益。"

村长抬起头来,拍了拍脑门,说:"我这里乱得很——"

两位师兄叹了口气:"所以凡事不能深想——"这也是胡道广的观点,不过两位把它说得上了一个层次:"我们这个时代尤其是,充满了各式各样的矛盾,它不支持深度思考! 要紧的是先做起来,化装是唯一的折中之路,虽然它不妥当。"

村长把两位师兄看了看,开始对他们五体投地,他赞叹道:"到底是知识分子,胆子大,有见识。"

而与此同时,我的脑子里早已一片糨糊,各种观念厮杀相抵,以至很多年后也没理清其中的头绪,只记得它的惊心动魄,那是怎样的时代啊,纷繁,热烈,激荡,真是"乱花渐欲迷人眼",至今想起来仍觉得头晕目眩,手心盗汗。

我跟两位师兄讨论,我承认他们理论上是对的,但是若把他们的理论付诸实践,则肯定是错的——

"那就先犯错，"他们激动地说，"让别人纠正去！"

村长一拍大腿站了起来，说："好，我听你们的，杀头不过风吹帽——"

我吓了一大跳，突然想起导师的紧箍咒，汤老师一直不赞成学生参政预政，他并不是所谓的书呆子，可是坚持认为，要把知识限在一定的范围内，"否则准会出乱子"。有一次他告诫我们："做你们分内的事，你们要是掺和到政治里去，先不说别的，政治首先就乱了套。"

我及时把这一点提醒两位师兄，他们烦躁地在屋子里走来走去，似乎不得已也在进行某种"深度思考"，最后无奈地告诉村长，这事再容他们想一想，毕竟"心急吃不得热豆腐"。

村长愣了一下，竟然笑了："我就知道！什么话都让你们说了，横竖都有个道道儿。"

那一瞬间，我们三人都有点尴尬，接下来便觉无地自容，这才反思自己这些天来的表现，其实并不比任何一个村民更有判断力，我们犹疑、彷徨，既天真又世故，既软弱又激进，总之翻手云覆手雨——是怕承担责任吗？说不清楚。恐怕这一切的背后，皆是脑瓜子转不动，思想苍白紊乱，因而少立场，少决断。

尤其是我，毫不夸张地说，这世上就没有我不能理解的事，我一会儿同情村长，反对"多数人的暴政"，一会儿站在人民群众一边，认为村长是官僚，反正不管怎样，我总能找到说辞——也许玩文字游戏是我这一行的专长？

这是困扰我至今的一个问题。

总之，村长用他的微笑使我们看到了自己：分析问题头头是道，处理实际却摇摆晃荡！ 以至很多年后，我仍不能忘记他那微笑，淡淡的，优越的，高高在上的，很有涵养，也许他心里在说：知识分子就该打倒？

正胡思乱想时，胡性来跑进来了，汇报这两天化装的筹备情况，原来他刚从百里之外的军营考察回来。"情况不太好，"他说，"军车和军服都搞不到。"

村长看了他一眼，不置可否。

胡性来挠了挠头："那就实施第二套方案？"

村长还是不言语。

胡性来只好继续汇报："道广已去镇上买油漆了，旧军服村里总可以找到，不过样式跟现在的不一样，但是夜里嘛——"

我急忙问："油漆是怎么回事？ 把货车漆成军绿色？"

"正是！"胡性来朝我们伸了伸舌头，调皮地笑了。 看得出他现在放松至极，完全是在帮忙；他最大的责任是避免了一场流血事件，至于军车是否上路，想必不是他关心的事！

村长点了点头，说："知道了，有情况及时汇报——"他朝胡性来挥了挥手，转头跟我们解释道："让他们搞去吧，实在不行再漆回来，你们说呢？"

我们无奈地笑了，跟村长一样，开始抱着一副听天由命的态度，又含而糊之地聊了些沿河村各阶层的分布状况，诸如胡道广、胡性来等派别的立场，再次把村长佩服得五体投地，他直夸说得精辟："嗯，这倒是你们擅长的。"

六

现在来介绍一下兵团的情况，严格地说，它跟村寨只是名称上的区别，这是一场不彻底的改革，混合着妥协、旧习惯、新希望，一路蹒跚走来，走得破绽百出，那叫一个惊心动魄！

然而有一点却毋庸讳言，兵团成立之初，确实给村寨带来了可观的变化，这变化首先是秩序上的，也不知是不是错觉，从军车上路的第一天起，村里就洋溢着一股简洁、硬朗的气息，在经过短暂的混乱迷茫之后，村里的一切开始有头绪了，变得井井有条了，而且节奏明快，雷厉风行，到处充满了旺盛和生机。

就连空气也焕然一新，清新得使人无端想放声歌唱；庄稼也长势喜人，瓜果蔬菜绿油油的，微风吹拂之下，保持着挺拔矫健的姿势。

在团长的默许下，几个营长开始带兵训练，从走路、站姿、说话、神情，务必要保持军人的体面和神气；常常在小学校的操场上，我们看见村民们在练习"正步走"，他们是那样的新奇，兴致勃勃，余晖照着他们年轻的脸孔，那脸孔上混合着阳光、汗水、尘土，使得他们看上去越发有生气。一样都是黝黑的五官，眼窝深凹，高颧粗唇，看得我们某一瞬间竟会生出一种幻觉，难道这是一群邻国的士兵？

个中或有忍俊不禁的，或有调皮捣蛋的，营长一声断喝，不由分说走上前去，一脚踢出队列罚站去。士兵们都愣了一下，余下的继续正步走，呐喊声也越发嘹亮。

就是说，村民们变得听话了，守纪律了，较之从前的懒散饶舌，完全是脱胎换骨，重新做人！是的，他们放弃了平等自由，若自由只使人散漫、抱怨、萎靡不振，那么他们宁可选择被约束！说到底，这里头有艰难的取舍：平等诚可贵，自由价更高。若为健旺故，两者皆可抛！现在他们朝气蓬勃，对未来重新燃起信心和希望，这才是一切。

这里尤其要说说道广，自兵团成立以后，他整个人就像喝了鸡血似的，浑身有使不完的劲儿，连走路都要带小跑。我最喜欢看他指挥大合唱，总是在清晨，似醒非醒的时候，我的耳边就响起了那悠扬美妙的曲调："东方红，太阳升……"这不是村里的小喇叭在广播，我知道，这是道广军训结束了，正领着他的士兵们在歌唱！

这时候，我就会从床上一跃而起，脸都来不及洗，我要去看看道广，看他怎样打拍子、领头唱，看朝阳怎样映红了他的面庞——那年轻的、充满朝气的面庞！看他唱到投入处，怎样闭上眼睛，看他把眼睛突然睁开，朝倚在树下的我

微微一笑！我要走到近处，亲眼看，亲耳听，我要让歌声整
个把我环绕，我也要微微闭上眼睛，整个人突然挺拔，有一
股向上、向上，腾空而起的力量。

道广的拍子打得非常漂亮，手里拿着一根小树枝，权当
指挥棒；他把身子轻轻摇晃，偶尔会踮起脚，两只手这边一
按，那边一抬，歌声便在他的手指间起伏；有时，他会把手
臂收拢、上抬，我看明白了，他是在托起心中的红太阳；突
然，他把身子整个提起来了，手臂疯子一样挥舞，这是暴风
雨来了，人类在和自然作搏斗，几番摔倒，爬起，再爬起，
最后，道广把手臂猛地一收，小树枝高高戳向天空，他脸色
苍白，汗渍淋漓，歌声结束了，人类站在风雨之上。

所以你就不难想象，那阵子我为什么不睡懒觉，因为道
广的歌声总催我起床；你也不难想象，当我倚在小学校的一
棵老树旁，看他们，听他们，身心一阵痉挛般的激荡；当沉
郁的《国际歌》在我耳畔响起，当我跟着他们一块儿唱："起
来，饥寒交迫的奴隶，起来，全世界受苦的人！满腔的热血
已经沸腾……"我竟泪流满面。

我浑身簌簌发抖，只好蹲下来，怕肉身再撑不起心中新
生的力量——"这是最后的斗争，团结起来，到明天，英特
纳雄耐尔就一定要实现！"——我一边唱，一边扭头看向朝
阳，霞光中不得不眯起眼睛，这时我看到了一个女学生的形
象，跃然于霞光之上，她一头飒爽短发，长得有点像罗莎·
卢森堡，神情平静，目光坚定。

　　这是我理想中的自己，一个女神的形象。她生在一个很遥远的年代，全世界都污垢不堪，她却出淤泥而不染。她天生负有使命，追求进步、光明，愿为理想而献身。她看到世间有太多的不公正，因此越发相信真理、公义、进化论、理想国！她一点都不怀疑！

　　你看她也在唱："是谁创造了人类世界，是我们劳动群众！"——她面带微笑，那样的自信昂扬，年轻的脸上熠熠闪金光。我把脸捂起来了，不敢再看她。有什么办法呢？时代不一样了，现在我再做不到她那样纯洁、无私、正大，我内心有太多的人类的蝇营狗苟、小情小调；我也不敢回头看道广——我怀疑自己是爱上这家伙了。

　　确实，这是道广最好的时光，在他的指挥下，整个村寨都被歌声所环绕，村民们沉浸在一种乐天、向上的氛围里，他们情绪饱满，热情高涨，不唱歌的时候心里也有歌声。大家被一种看不见的东西所引领，穿梭于菜田和果园间，浇水的、施肥的、喷农药的、采摘的……各有分工，有条不紊。他们的动作是那样的灵活，富有节奏，充满舞蹈的韵律！与此同时，军车每隔两天就上路，满载果蔬发往广州！

　　我和两位师兄惊叹不已，对此不能做出合理的解释，因为那阵子，我们自己也神魂颠倒，一头扎进村寨的建设中，而且生怕落后，急欲直追村民而去！两位师兄成了团长的左右臂，定规划、作统计，整天忙得昏天黑地；闲暇之余，他们又加入我所在的宣传队，帮忙写横幅，刷标语，诸如"时间就是金钱"大干快上""一万年太久，只争朝夕""向深圳看齐"……都是我们的手笔，字写得也许不漂亮，可是每当看见自己的劳动成果充斥于村寨的各个角落，挂在树杈间，刷在墙壁上……我们是多么自豪啊！

团长更是意气风发，恨不能"一个身子掰开八瓣用"！他说话高声亮语，看见人就远远地打招呼，而且那阵子，他最喜欢跟人握手——其实多此一举，因为都是熟人；但是作为一种情绪的表达，我们都心有同感。不拘看见谁，他便大踏步地走上前去，捉过人家的双手摇来摇去，一边不忘鼓励加油："同志，好好干！"他因声如洪钟，那口气就像咆哮。说完这一句，他也不及停留，再次大踏步地甩开膀子跑远了，他的手臂漂亮地摆动，步履是那样的坚实、有弹性，既像一个训练有素的军人，也像长跑运动员。

就连万元户胡性来也受到了感召，置他的小作坊于不顾，加入集体生活里来了。有一天，他急匆匆地跑来找我们，嘴里嚷着"再也不能这样活了"——原来是他太孤独了！是啊，此情此景，再心系自己的一亩三分地是可耻的，他要跟大家共同致富，若做不到这一点，那就宁可回头再当一个穷人，总之，他要跟村民们在一起，成为他们中的一分子，一荣俱荣，一损俱损！那天说到动情处，性来竟然眼泪涟涟，哭得跟个小孩儿似的，他不放心地问："我是不是回来得太迟了？他们会不会接纳我？"

两位师兄给予了肯定的答复："浪子回头金不换啊，性来

同志，欢迎你回到穷人的队伍里来，带领大家共同致富！"

我一旁看着，感动得一句话也说不出来，只在心里嘟囔了一句："多好的同志啊，他有着一颗金子般的心灵！"我看到他对穷人充满了感情，富裕并不是罪，可是他却为此而忏悔！有一瞬间，我怀疑他是不是爱上了贫困，也许他爱上的是贫困背后的东西：集体主义、向心力、对美好生活的向往、未被污染的干净纯洁的心灵！

总之那阵子，整个村寨都有点疯疯癫癫，每个人都纯洁得要命，患上了和胡性来一样的相思病：身处贫困中，却对贫困怀有一种不可遏止的激情！只在夜深人静的时候，我和两位师兄才敢承认这一点，把这现象拿来讨论。——你看，我们的老毛病又犯了，我们凡事喜欢讨论，对一切都要怀疑。

我们最大的怀疑是对自己：村民们倒也罢了，他们无知无识，为何我们三个人，既是外来者，又是读书人，却也身陷这场"热病"中而高烧不止？问题还在于，这到底是不是一场热病？激情之于村寨建设是不是必要的，它在多大程度上是可靠的？这种对自己的审视有价值吗？我们的怀疑是不是适时的、正确的？它对村寨的经济建设有何帮助？

可想而知，这种追问是不可能有什么结果的，除了给我们带来难堪和痛苦。

我们的谈话又是那样的小心，因而显得喊喊喳喳，鬼鬼祟祟：第一，这样的谈话与村寨整体气氛不相符，某种意义上，它是对村寨精神的背叛；第二，谈话即便被允许，于我们的内心也是一种折磨。

怎么不是折磨？ 我们看到了身心分裂的自己：相信美好的事物，却对一切美好的事物怀有警惕和不信任；晚上这般否定自己，一俟白天，却又投身热火朝天的劳动场面，干得比谁都带劲儿！

我跟两位师兄说："你们说说看，这到底是怎么一回事？"

其中一位想了想，说："也许是赎罪心理吧。"

我说："我们何罪之有？"

另一个无奈地回答："思想不纯，信仰不够坚定！"听得出他口气里的内疚。

我叹了口气，一时无言以对；抬头看了看深邃的星空，此时村民们已经睡去了，村子里万籁俱寂，不远处的小树林里，偶尔能听见几声猫头鹰的叫声……多么美好、安宁的夜啊！ 我却焦灼、痛苦得想哭泣，为我们三个孤魂野鬼，为我们自造的、今生再也不能突围的困境！ 这是我们的宿命吗？

我说："这样的怀疑有意义吗？"

两位师兄摇了摇头，给出了否定的答复。

我突然心灰意冷，把身子往小竹椅上缩了缩，以为这样自己就小了，小到无，如空气可以忽略不计！ 生命对于我这一类的人而言，该是一场浪费吧？ 即便闭上眼睛，我也能看见那个可怜、可悲、可叹的自己。 从那天晚上起，我知道世上有这么一类不幸的人——所有不幸中最不幸者：他们清醒地活着，意识到自己的无能、无用、于事无补；他们痛苦地活着，因为他们孤独、摇摆、无所依傍！

这是一种气质性的不幸，没有谁可以解救他们！这也是后天的不幸，我怀疑，跟我们所从事的专业和身份紧密相连。

说到底，我并不为自己感到羞愧，这是命运所带来的不公正，平静地接受它，不躲避，不改变，我以为这是尊严。

我只是有一点点自卑，尤其是心系道广的时候，那天晚上，我无数次欲言又止，只是想在嘴里哑一下这个人的名字，但是我以惊人的毅力克制了自己，我不能在两位师兄面前露出一点破绽：我爱上了另一个阶级的人。这注定是一场无望的爱情，在四目交汇的一瞬间，什么都发生了，只是在心里。

只有一次，当两位师兄试图讨论，是什么造就了目前村寨的这场"大跃进"？我忍不住说了一句："是歌声。"

"是什么？"他们没听清楚。

我笑了笑，我不会再说第二遍了。我用手拍了拍自己的小腿肚子，心里满足得要命。

我当然不会傻到以为几首歌就能把村庄唱进共产主义，但是这些耳熟能详的歌儿，像《红星照我去战斗》《在希望的田野上》《打靶归来》《团结就是力量》……确实节奏明快，风格昂扬，很恰当地体现了村寨的精神状态。

　　我不知道是歌声找对了地方，还是村寨选对了它的形式，总之在无垠的时间的荒野里，不更早一步，也不更晚一步，它们碰上了，产生了一场化学反应。

　　最关键的是，这些歌声是由道广而引起，——啊，亲爱的人儿！我把眼睛闭了闭，两位笨师兄怎会知晓我的心意，我再次面露微笑，在黑暗中，他们谁也看不见。

　　那两天，我拼命追寻道广的足迹，我走遍了村寨的各个角落，各个角落里都充斥着歌声、劳动的号角、村民们笑逐颜开的脸、他们在田间劳作的身影……我今生所能见到的最动人的一幕全在这里了，在这里，又当能缺少爱情！

　　我开始发足狂奔，风吹进了我的眼睛里，鼓荡在我的头发和衣裳里，老实说，我并不在乎能否见上道广一面，我知道他在某个地方，与我共此时，我要把我的爱情转化成对这片土地的浓情蜜意。

　　有一天我做了个梦，梦见我和道广漫步于北方的一个风沙小城，这城里有一座山，山上有一座塔，塔下有一条河，这一天，我和道广就沿着河边走。我们两人都背着手，打着绑腿，那样子既像是恋人，也像是革命同志。那许是傍晚时分，河面上波光闪烁，古塔的倒影落在河中心。偶尔我们会驻足河边，当道广抬头凝视河对岸的古塔，我则侧头看着道广，我的眼里突然汪满了泪水，因为道广与古塔是连在一起的，我却与道广隔着很遥远的距离。

　　我慢慢地转过身子，为的是让风儿拭干我的眼泪，我不想让道广知道我的心理，他会说：这是小资产阶级思想在作祟。

在爱上道广的那些日子，我确实苦头吃尽，我把自己从头到尾否定了个遍，思来想去，觉得自己难以配上这位纯朴、纯洁的男子。 是啊，我的灵魂布满污垢，既不健康，而且多疑，难道所谓的"洗澡"就能把我洗干净？ 好在不久我便走出这种沮丧、自责的心理，许是出于某种安全考虑，团长作了一次人事变动，安排我和两位师兄轮流押车上路。

"你们也跟一跟吧，"有一天他诚恳地发出请求，"你们都走南闯北，省城里总有些同学关系，万一路上碰上什么事，还能有个照应。 唉——"他叹了口气，"这些天我担惊受怕，右眼总跳个不停，只担心会出什么事！"

我们欣然领命，从此以后，我和两位师兄踏上征程，把自己扮成一个兵，到外面闯花花世界去了。 即便很多年后的今天，我也记得我第一次穿上军装、离开村寨的那个傍晚，我们在路上走了一夜，于第二天凌晨到达位于广州郊外的一个农贸集散市场，又谨守昼伏夜出的规定，在广州消磨一个白天，直到夜幕降临，才月黑风高地赶回沿河村。 这一趟少说也需三十个小时。

这是怎样的三十个小时啊！ 惊险，刺激，节外生枝，虎口脱险……就好比一场蹦极体验，从此以后，我们知道了什么叫欲仙欲死。 每次上路，我们都把它当作最后一次，那是置之死地而后生的心理；每次上路，又都是第一次，因为险境各有不同，经验于我们全没用。

尤其是我们三个"知书达理"的人，自踏进村寨的第一天起，就再也没有出过门，全身心地把自己献给了这个小环境：革命、改制、理想主义精神……一时竟丧失了现实感，全然不知身外事。

所以不难想象，当我们第一次踏上军车，奔赴前线，沿途所见的荒诞场景，非但使我们瞧着新鲜，对我们的智商也造成了一定的压力，需要应付"脑筋急转弯"一类的游戏。

我还记得两位师兄第一次胜利归来的情景，那是一个早晨，天蒙蒙亮，道广指挥的大合唱已经开始了，我应声而起，打开了门，却见其中一位师兄正痴痴傻傻地坐在走廊牙子上，看上去像是进入了魔怔状态。

我上前招呼了一声："你回来啦？"

他皱了皱眉头，咕哝了一句："你听，这歌声！"

我没有说话，察言观色也知道，此兄定是碰上了社会形态上的难题，这一趟该是"村寨一日，人间十年"吧，两相对比，怎能不使他产生信仰危机，生出一种"梦里不知身在客"的时空错综感？但是我对他并不担心，以他的冰雪聪明，相信不久的将来，他必会放弃沉思，以一种活泼的姿态适应我们这个大时代，就像小鱼儿游进了大海里。

另一位师兄则是激动得要命，他是我们中第一个当兵的人。那是在更早些时候，也是清晨，我尚在睡梦中，便被他的砸门声吵醒，他实在等不及了，急于要我们分享他的奇妙心情。 他先是爆两句粗口，简洁有力地代替了感叹词，然后一屁股坐在行军床上，把大腿一拍："过瘾啊！ 无与伦比！"

他表达力如此之差，急得我们直问："到底发生了什么事？"

他只是摇头咂嘴："我算是长见识了！"

原来这一趟，他把关卡摸了个遍！ 后来，及至我自己也上路了，才明白是怎么回事，同时也心有释然：也许我们并没做错，只有"化装"才能自救！ 否则凭一辆民用货车，如何能走完那三里一关、五里一哨的漫漫长途？ 那该是我一生中走过的最破敝、壮观的旅途了：关卡之密，彼此甚至够得上说话唠嗑！

这些关卡多设在桥头、路边、荒郊野岭、繁华小镇的十字路口……装置也不一而足，有亭舍、茅屋，也有就地取材的——专门蹩守在路边的小吃店、洗浴房，一番吃喝玩乐以后，便来到马路上罚罚款，散散心。

更绝的是，他们有时会化装成便衣，踩着摩托车踏板，抖得像个二溜子；或者躲在某个阴暗角落里，眼神炯炯有如夜光灯，看准了一个目标，冷不防一个箭步冲上前去，亮出身份，直把司机吓得一声尖叫，来一个紧急刹车。

司机虽不明就里，却跳下车来，一阵打躬作揖，好话说尽，那些关卡人员也不理会，不由分说，便掏出纸笔开罚单，或有几百，或有数千，数目全凭他们一时高兴。

倘若有人问起名目——是啊，罚款是为哪一出呢？ 那关卡人员便看他一眼，心想此人该是个二愣子，不知"欲加之罪，何患无辞"吗？ 他们笑了笑，回答简短而有力，一般都是两个字："超载""超速""违章"等等。

倘若司机继续纠缠，他们便撅撅屁股，意思是少废话，家伙全在后面藏着呢，这时他们的大盖帽也戴上了，那徽章里自有威严。

当然，也有一些关卡人员还是比较客气的，他们会跟"主顾们"称兄道弟，讨价还价，拍拍人家的肩膀，说一声："哥们儿，公家的吧？"

原来这里是有说项的，分公家、私人、开收据、不开收据、要回扣、不要回扣不等，其中有一个复杂的计算体系，恕不一一列出了。

接着他们就开始大倒苦水："你以为这钱就归了我个人？深更半夜的，谁不想在家搂着老婆孩子睡觉？"伸出一只手来，手心朝上，意思是给钱吧。"你也犯不着心疼，反正都是国家的，换了个部门而已。"听上去似乎也不无道理。

有一次，我们正行驶在一条城郊马路上，看见前方有几个穿制服的人正在晃悠，他们双手叉腰，腰束皮带，路旁停着几辆摩托车，还有一辆已经开到了路中心，那人悠闲自在地正在兜圈自娱，一边回头打量着我们，一边举了举手。

司机骂了一句："瞎了眼的东西！ 什么车都敢拦!"并转头征求领队胡性来的意见："怎么样？ 下去聊一聊？"

胡性来懒得啰唆，说了一声："理他呢，往前走！"

军车一声怒吼，把车身抖了抖，拼足老命往前冲去，一时间我耳边只听得呼呼的风声，几声怪叫，以及摩托车引擎发动的声音……我把头探出窗外，这一看吃惊不小：他们追上来了，他们越来越近，他们贴紧了我们……我还来不及反应，却是一个趔趄，整个人已经摔到了车头上！军车既已停下，四五个民兵不由分说，匕首、短棍、绳索早已插到了裤腰上，他们兴奋得简直要发抖。

胡性来理智地阻止了他们，先是作了一番部署，几个人这才跳下车来，一边颠着腿，一边把对手看来看去。

双方先是交换了证件，——叫我吃惊的是，这事竟由我方先提议！敌人大约也是没想到，拿着手电筒朝本子上晃了晃：竟是军方！那手电转了个向，在车身上又照了照，还有什么好说的呢？认栽吧！

胡性来也认真地接过对方的小本本，看了又看，照了照人，他把本本往脑后一扔，微微一笑："化装的吧？"

"什么？"敌人露出惊讶的神色。

胡性来并不计较，拍拍那人的肩膀，叹了口气："干什么不好，偏干这个！——"又伸手把那人的皮带扶正："怎么可以把制服穿成这样！"

他朝几个士兵努努嘴，示意他们先上车，临行前又不忘一番教育："回去好好做点小本生意！碰上老子今天心情好，先饶过你们一回，下次再让我见着，先抽几个大嘴巴再说！ 哼，正经关卡还需让我三分，别说你们几个！"

后来我也问过性来，这几人的成色到底如何？ 难道真是我们的同道？

性来拿不准地说："有点儿像。"

原来类似的事情，他们已遭遇过不止一起，试想，既然执法人员能化装成便衣，那么，平民为何就不能弄来几套制服穿上，站在马路边拦车收钱？

性来苦恼地说："关卡倒没什么，怕就怕这帮人渣，全没王法了！"说这话时，他俨然是真把自己当成现役军人了。

而作为军人，我们经过关卡时，确实颇受待见：一条军车专道，关卡人员朝我们点头微笑，没有路障，不交款项！

我们自然心情舒畅，原来，人是可以被这样对待的！ 不自觉的，连身子都抬高了许多，腰板挺得笔直，双手放在膝盖上，眼睛齐刷刷地转向关卡，投之以僵硬、多情的微笑。 ——乍一学做人，简直学不像！

再看那边，一辆辆民用货车被叫停路边，排起了长龙，司机大佬们一边围着交警，又是敬烟又是哈腰，一边大声嚷嚷，又是委屈又是微笑——表情拿捏得丰富微妙！ 就连肢体也用上了，或是拉拉扯扯，或是摊手耸肩……我们一旁看着，只觉得怜惜，也深为自己脱离了这一阶层而感到庆幸。

直到今天，我也不知道关卡为什么就不睁亮眼睛把我们打量一下：有太多的破绽，连我们自己都觉得不像话，尤其是在道广治下，他手下的兵向来胆大，又喜欢场面堂皇，能把"行军曲"唱得震天响，一路"轰隆隆"地蹚过关卡——因为是破车，速度上不能带来飚飞的快感，但是你看：他们一脚踏着车踏板，一手扶着车窗，那姿势好一个潇洒！ 在经过关卡的那一瞬间，他们还不忘抬了抬右手，致关卡以一个军人的敬礼！

关卡人员简直觉得莫名其妙，追出来，一边跟着军车跑了几步，一边笑着骂道："我丢你老母，什么意思啊，一群疯狗！"

士兵们也不理会，回身跟他打飞吻。

有一次，在两广交界地带，我们被一个关卡拦下了，其时场面极度混乱，几十个警察全副武装，把枪口对准了四面八方；一时间只听得警笛长鸣，警犬狂吠，远方零零落落几声枪响。 原来，三个越狱者已劫持一辆警车，在周遭的丛林里转圈，方圆数百里地正处在戒严中。

我们简直要昏倒，一时车里慌作一团，哪儿还有什么主张？ 司机把车开往路边，一路抖抖索索向前滑了十几米，道广脸色煞白地说："停吧，注意别把刹车当油门踩！ 要刹要刷由人说了算！"他还不及开门下车，三四个警察早已扑上前来，把他堵在门口，只说了一句："快，抄小道走！ 上车再说！"

道广也软弱地跟了一句："快，抄小道走！"

军车顺着小径一路狂奔，我紧张得汗毛直竖，几乎要窒息，非常奇怪的是，在这样的时刻，我竟然还会生出一个念头：我们追捕的可是一辆警车啊！ ——这一念，只使我头晕目眩：历史正在发生惊人的倒错，而现实却不管不顾，只管自己往前走。

我的意思是，我们并没有分明的快意恩仇，也早忘却了自己的不法身份，只把警方当作自己人，希望老天能保佑我们不要出什么差错。

可是警察却禁不住一阵狐疑，其中一位把我看了看，咦了一声："怎么还有个女的？"

道广顺势拍了拍我的头，亲热地说："我女朋友，是战友。"

警察笑了笑，不再言语。

我不由得浑身瘫软，心里想，他若是再看我一眼，我一定会崩溃！

也许我早就崩溃了，面上肌肉痉挛，心里想呕吐；也许从上车的那一刻起，他就嗅出这车里的气味不对，但是他并不介意，这不是他的管辖范围，而且事有轻重缓急，总之，我们有惊无险地渡过这一关，至今想来仍觉得不可思议。

后来他们终于下车了，沿途拦了几辆警摩，在匆忙跳下车的那一瞬，他们还不忘跟道广握了握手："谢啦，兄弟！一路好自为之！"说完便扬长而去。

我们都松了一口气。

没想到他们走了几步，却又停下了，回头打趣道："回去跟你们首长反映一下，把这身军装都换了，还有这车，不像样啊！"

道广向他们抱了抱拳头，龇牙咧嘴，脸露难堪的笑容。

谁知另一个人也来了兴致，和蔼地说："找个地方歇着吧，今夜你们过不去！ 生活不容易啊！ ——"一脸意味深长的笑容："有些事我们也看不惯，可是又能怎么办呢，互相将就着吧。"

道广简直无所适从，直至这几辆警摩消失在远方，他这才一头磕在车身上。

因为这次意外，我们抵达广州比平常晚了两个多小时，也正是这次意外，连带我发现了另一件事，这件事带给我的冲击不亚于警察上了我们的车。

平时，我们在广州的时间是这样安排的：上午睡觉，下午进城闲逛，顺带干点私活儿，捎些衣帽鞋袜、打火机、太阳镜一类的回去倒卖；我极少跟他们一起活动，也许是出于性别考虑，只把自己安置在驾驶室里，从没有光顾过他们的落脚点；这天清晨，在办完果蔬交易之后，我跟道广说："我跟你们一块儿过去！ 找个地方好好补一觉！"

道广"啊"了一声，懵懵懂懂地说："你去那儿干吗？"

我再次强调：我要去睡觉，我现在身子骨都快散架了！

道广其实很老实，这是很多男人的特性，坏事照做，可是又不会撒谎；他完全可以敷衍我的，把我稳在汽车里睡觉，或是另找个地方，可是他偏不干，他直通通地说："你不能去！ 那不是你待的地方！"

这下我不干了，凭什么我不能去啊！"除非你们有事瞒着我！"

道广软弱地笑了。"也没有啊，"他搔了搔头皮，"他们在掷骰子，都是男的，还有外人——"

我越发好奇，铁下心来要去看个究竟。

就这样，道广在前面带路，我跟在后面大踏步；他越走越快，我不得不跑起来，七弯八拐来到了一片居民区里。这一带都是些老房子，虽拥挤破落，却是独家独院，两三层小楼，自住兼开小旅馆。道广一阵风似的冲进一户人家，不由分说就往楼上跑，一边回头笑道："你在这儿等着，他们可能在洗澡。"

我急于要抓现形，三步并作两步赶到他前面，一边笑道："我不在这儿等，我到门口等。"

道广叹了口气，无奈地把我领到了 301 房。

其实房间里很正常，四张上下床铺，有躺着睡觉的，也有围着小方桌打牌的，屋子里吵吵嚷嚷，烟蒂扔了一地，还有两个年轻女人，身穿家常裙衫，收拾得干干净净，与我想象中的娼妓不是一回事。此刻，她们正坐在一群男人堆里，凑首看牌，看见我跟道广走进屋来，勾头把我看了又看，其中一个跟道广说："你女朋友？"

道广瓮声瓮气地说："不是，一块儿卖菜的。"

另一个说："不像哎——"又问我："要不要喝茶嚓？"

我拘谨地摇了摇头，把自己安置在床铺边，我不好意思看他们，只把眼睛看向水泥地，屋子里乌烟瘴气，熏得我眼睛疼。十分钟以后，我便告辞了。确实，这不是我待的地方，他们也很不自在，我看得出来。

我重新回到了车里，脑子昏昏沉沉，一时心里五味杂陈：有新鲜，也有失望。我应该感慨吗？我那年二十四岁，还没正式踏上社会，娼妓这件事，虽略有耳闻，却不在我的概念里。我不知道当时的人们怎么看这件事，也许是没经历过的想跃跃欲试，经历过的也就那么回事，反正在广州，这事确实"也就那么回事了"。

后来，道广追过来解释："你都看到了吧？什么事也没有！"

我说："我看到什么了？那两个女的是干什么的？"

道广支吾了半天："搞不清楚，邻居吧？不太熟。"

我说："怎么可能是邻居，一口湖北话！"

见他不吱声了，我又笑道："你别装了，真的，我早看出来了，你心里虚着呢！"

道广一拳砸在方向盘上，骂了一声："妈的！你怎么什么都知道？"——如释重负地吐了口气。

我眼前一黑，这一下真是铁板钉钉了！没想到他这样禁不起问，几句话一套，就全出来了！——这些可都是我出生入死的革命同志啊，大家一块儿经历了多少事？！把几十年的中国历史照搬过来演了个遍，而且特别入戏，不惜牺牲，胸怀理想，为的是什么？为的是生活得更美好，不是为了叫他去嫖!

"这是两码事!"道广急得直嚷嚷。 他现在思想开放,俨然一个现代人士——他来广州这才几次? 他也许觉得,眼前这个女的简直不可理喻,需要给我洗洗脑,于是便从头说起:"喏,首先你要这样想,她们是做生意的,她们需要有主顾,要不她们就得挨饿! 这个你听明白了吗?"

我似乎是听进去了,勉强点了点头。

"那好,第二条,"道广点了支烟,"你以后不要用那个字,嫖不嫖的,这说明你心理有问题,太肮脏! 大家都是人,职业无贵贱,人品有区分,你要学会尊重她们。 再说了,嫖怎么了? 嫖也就嫖了,嫖完就忘了,所以等于没嫖。"

这个我没听明白,一下子又自卑了,我跟道广说:"你看,我真的转不过弯来,我刚从小山寨里走出来——"

道广叹了口气:"你在那儿才待了几天? 现在时代不同了,出来就是一个新天地! 你怎么就不能与时俱进? ——"他把眼睛眯向空气中,沉吟了一会儿:"这么跟你说吧,好比一个人正在睡觉,外面来了一个人也想睡觉,那么大家就一块儿睡啰,虽然他们是一男一女。"

我也学着他的样子,把眼睛眯向空气中,尽量以一个男人的视角来思考:好像真是这么回事儿! 于是我便问:"你们都是这么想的?"

道广说:"都这么想,包括你两位师兄!"

"什么？"我一声惊叫，我把这两人给忘了，我不能想象他们也会！前天我们还在一起长聊，他们是那样的纯洁忧伤！

道广耸了耸肩，嘀咕道："又不影响的，他们现在也纯洁忧伤，呵呵，他们忧伤得要命，巴不得天天来广州！"

"不是，不是，"我把手扶住脑门，一时语无伦次，"你听我说，他们都有女朋友，她们是我的好朋友，他们特相爱，他们快要结婚了——"

道广都懒得看我，一脸不屑的神情。

"他们还自称理想主义，他们整天把它挂在嘴边！"

"不要跟我讲什么主义！——"道广大喝一声，他终于不耐烦了，"我不懂那玩意儿！我只懂男人，男人你明白吗？我发现你这人满脑子糨糊，真是要命！理想主义就不能嫖了？嫖完照样还是理想主义！"

我把头靠在车窗上，我想应该结束这场谈话了。确实，男女之事讲不清，很多年后的今天，我对这类事早已见怪不怪，口头上也表示了这层意思——正如道广所言：它不是个事儿！但是在心里，我始终认为它是个事儿，以一个女性的视角，它是个天大的事儿！

因此，我把这一节记在这里，作为对人性的一个存疑，以供探讨。

七

后来，我们便离开了沿河村，重返学校做回了学生；直到几年以后再返回，我们三人都已毕业分配，两位师兄，一位留校任教，一位去了某科研机构，我则被分配到一家晚报，负责跑跑新闻会场。

这几年，我们的社会生活发生了多大的变化啊，真可谓"敢教日月换新天"！这几年，我们与沿河村也保持着紧密的联系，得知在我们离开半年以后，军车就停开了，原因是风险太大，村民们也多没有常性，主要是他们没的蔬菜可卖了，村里的一个大户包下了菜地，在上面办起了木材加工厂。这大户也姓胡，兄弟两个，做木材生意已有些年头了，正是在他们的影响下，村民们陆陆续续改了向。

后来，我们又被告知，村里的电通上了，路也拓宽了。

再后来，我们的联系就不靠写信了，而是电话。

有一天，留校任教的那位师兄接到团长的邀请，希望我们过去看一看："奇迹啊，你们来了就知道了！这两年，我们在县里连续夺了几个第一：GDP第一，先进工作者，优秀党员，精神文明示范村……这些就不说了！不容易啊，尤其是这个时代，人人都向钱看，我们还在搞精神文明！"

这位师兄也是好奇，而且又是他的专业范围，因此便约我们一起同行，是啊，我们三人早就盼着这一天了，这可是我们心心念念的沿河村啊，我们在其中投入了太多的感情。

这次，我们是直飞南宁，团长派车来接我们，从机场出发，一路高速，穿过丛林，我至今还记得丛林里的阳光，恍惚得很，阳光底下也有军车绵延，士兵们身穿迷彩服，夕阳的光影落在他们的眼睛里……我一时犯迷糊，心里想，可知是我们从前见过的那一茬人？

团长早早地迎接在村口，一身军便装，裤脚卷起来，他张开双臂，以一个军人的豪爽拥抱了两位师兄，并跟我握了握手，笑声朗朗。

他先领我们去看了看军车，军车被安置在村公所隔壁的一个角落里，经过几年的日晒雨淋，它老了，报废了，可是团长告诉我们，村民们仍对它心存感激，想着将来有条件的话，要给它盖一间房子，做一个展览馆，以便告诉子孙后代，他们的祖先在走向工业化、现代化的过程中，经历过怎样的无奈、荒唐！

团长深情地踹了踹车轮，说："靠着它，我完成了资本的原始积累。"

我们也都叹了口气：是啊，军车完成了它的历史使命，它的这一页算是翻过去了。

团长又领我们爬上一块高地，鸟瞰全村，我们顺着他的指点，发现村寨确实气象大变，哪儿还有一点传统乡村的迹象，俨然一个现代小镇：小桥，流水，别墅，工厂的烟囱在排放废气，轿车、货车、商务车川流不息……这不是我们见过的最富裕的村庄，这是我们见过的用最短的时间走向富裕的村庄！

那天晚上，团长做东欢迎我们，村公所的干部们都到齐了，我们很奇怪地发现，这里头没有性来、道广他们，于是便问："几位营长呢？"

团长似乎困惑不已，一时竟没有反应。

"营长？"他想了半天，突然拍拍脑瓜子，"天哪，你们说的是道广他们几个吧？哈哈，他们早不是什么营长了！喏，这是我的新班子——"指了指在座的几位，给我们一一作了介绍。

"道广他们……？"

"他们现在好得很！"团长想了想，斟词酌句地说，"个个都是工厂主，我已经好长时间没见到他们了！"

我们便不好再问什么了。

那天晚上，席间觥筹交错，一派欢声笑语，可是我们只觉得落寞，是啊，铁打的营盘流水的兵，团长的干将已经换了一批啦！遥想性来几人，当年何其英气勃发，一路过关闯将、出生入死，直把团长送到今天，可是今天又怎么样呢，听团长的口气便知道了！

难道性来几人也落到和军车一样的命运，完成了他们的历史使命，恢复了平民身份？可是，军车尚有建展览馆的一天，性来几人却是连"叨陪末座"的资格都没有！心里不由得"咯噔"一下：团长和性来他们该有矛盾，后者又岂是省油的灯！ 难道团长邀请我们，是另有用意？ 否则便不能解释他的热情过度，一连好几个电话相催，并早早替我们定了飞机票。

天哪，但愿不要再闹事了，我们是再不想蹚这浑水了。

那天晚上，我们刚回宾馆不久，性来几人便兴冲冲地找上门来，大家一阵狂呼乱抱，性来说："怎么事先也不招呼一声，我们刚听说。"

道广坐在沙发上，一拍大腿说："来得正好！ 正想给你们打电话呢！ 倒叫他抢了个先！"

"怎么样？"研究所的那位师兄问道，"听说营长被撸了？"

性来两人笑道："不是一天两天的事了，老实说我们也不在乎，狗东西最近太张狂了，我们一琢磨，想一并解决算了。"

我们一时没听明白："解决？ 解决什么？"

道广朗朗有声："推翻兵团体制，恢复村寨民主！"

我们一听跳了起来："又来了，搞什么搞？！"

道广摇了摇头："闹得不像话了，现在大权在握，谁的话都听不进去了，他是真把自己当团长了，全村人全忘了这回事，只有他记得牢牢的！"

我笑道："这可是你们逼出来的！ 他当初是一万个不愿意！"

性来说："我们逼他，是为了叫他搞经济，不是叫他玩独裁！现在军车既已停开，兵团还有什么存在的必要！他凭什么还要当团长，回去给我当村长去！"

原来，在我们离开的这几年，团长利用兵团的名义，一步步地将权力收归己有，其中包括政权、财权、军权……从前他在这方面栽过跟头！又鉴于道广几人从旧村寨带过来的坏传统，动辄喜欢提意见，发牢骚，讲民主，又不听管束，又居功自傲，况且手里又握有兵权……因此，在军车停开不久，团长就找了个由头，把这几人开掉了。

起先，道广几人也闹过一阵，但无奈群众不合作，那一阵子，家家户户都像疯了似的，纷纷办起了木材厂、家具厂、运输队……狂奔于发财致富的康庄大道，道广纵有天大本事，也使唤他们不得！无奈之下，道广也只好跟着他们一块儿跑，没想到，这一跑竟跑到前面去了，这几年来，道广几人成了村子里响当当的富户，五六家厂子创造了全村五六十家厂子百分之七十的利润！

我说："这不是挺好的？"

"好什么好？"道广叹了口气，他觉得问题就出在这里：他到顶了！当然他还可以更有钱，把他的厂子开到县里、省城、首都、世界各地，可是那又有什么意思呢？财富原是无尽的，但财富的目的只有两个，一是舒适，二是为了体面尊严。现在他都满足了。

我说："你也可以到更大的地方满足的。"

他笑道："没那个必要，我又不认识他们。"

是啊，沿河村才是他的根，生于斯，长于斯，也将葬于斯——他的体面尊严的最终指向，原是他的父老乡亲。他说："我这人本来就没什么志向，下半生也就是维持一下厂子，养活一拨穷弟兄，我自己能用几个钱？走哪儿算哪儿吧。老实说，我对赚钱没多大兴致，引不起我激情。"

我们便问，什么东西能够引起他激情。

"斗争！"坐在灯影里的道广轻轻哼了一声，他的声音是那样的平静，平静而有力，"是时候了，钱我是挣足了，下面要给村民们挣点权益！"

我一听，坏了，沿河村怕真是没安宁日子了，一拨有产阶级正在崛起，以群众的名义跟团长要权力！

且说团长这边，自从铲除了道广等异己，又安置了自己的一批亲信，做起事来真是如虎添翼，他把这些亲信派上村寨的各条战线：政治，经济，思想，纪检，治安，工会……这些人也确实尽心尽力，协同作战，以部队的标准严格要求自己，这样一来，村寨越发像兵团了。

较之于道广时代，现在的兵团更加紧凑，务实，不搞形式主义，他们诚心竭力地服务于村寨的经济建设，前沿的，后勤保障的……把各种力量拧成一股绳，叫村民们的精气神更加旺盛，不断地提醒他们：挣钱，挣钱，挣钱！

诚然，现在村里再听不到歌声了，因为领唱的那个人歇了，自己也成了生意人！再也没有军训、号角，再也看不见身着旧军装的半吊子士兵在晃荡，就连团长的几员干将也从不以军人自居，但是在我们看来，他们比军人更像军人，那就是无私、正直、勇敢，他们常常西装革履，一阵风似的从我们身边掠过，他们到哪里去？他们到群众需要的地方去！

私下里，我们也问过团长，他是怎么带兵的。

团长笑了笑，秘而不宣，只说了一句："现在正是村里最好的时候，一切都有头绪了！"

那两天，团长领着我们在村子里转了转，工厂，商铺，街市……无一不给我们留下深刻的印象，这印象就是民众激情的回光返照：到处都是人来车往，机声隆隆，人们在大太阳底下挥汗如雨，所不同的是，从前是在菜田里，现在多站在机器旁。无论是老板、工人、小商小贩，个个都像打了激素似的，面泛红光，精神抖擞！

对此，我们并不感到奇怪，反觉得踏实，因为这一切的背后，原是利益的驱动，而不是什么精神的鼓舞。

我们稍稍奇怪的是，在经济发展如火如荼的今天，村民们还保留着一种近乎清教徒的气息，这里没有贪污、腐化、堕落，没有偷盗抢劫，没有夜总会，一俟晚上，整个村子就静悄悄的，偶尔能听到几声狼狗的狂吠——这是村里的巡逻队在行动，他们站在村子的各个要道口，或是挨家挨户地走过，看看可有哪家丈夫彻夜不归、哪个老板在做假账、哪些在行贿受贿、哪个在渎职，可有欺贫现象，工人工资拖欠了没有……他们一天二十四小时在行动，杜绝一切犯罪现象，别说村外的那几个"飞车党"，单说村民们或有路上捡到钱包的，也不好意思不上交！

两位师兄也能一觉睡到天亮，因为宾馆里没有小姐骚扰，五楼倒是有一间按摩房，有一天晚上，我们三人实在无聊，便过去泡泡脚。小姐们个个神色端庄，不苟言笑，两位师兄躺在床上，不由得要跟她们开两句玩笑，谁知她们竟柳眉倒竖，怒声呵斥道："先生，请您放尊重点，我们不是那号人！"

我忍不住要笑，可怜两位师兄，这些年也是经过一番灯红酒绿的，哪儿见过这种阵势？又想，在物欲横流的今天，村民们却单单把欲望用在挣钱上，别的路径全堵上了。挣了钱干什么呢？又不嫖，又不赌，没个出处呀，把它放在家里收着？很是困惑。

金钱带来了它该带来的东西：感官享乐，人心叵测，浮躁沉沦……这是铁律，我们讨厌这样的铁律：心找不着归宿！可是一旦进了这个小山村，却发现这里一尘不染，清心寡欲，似乎也叫人亲近不得！

是啊，这世上从来就没有完美的生活，怎么样都是错的。在跟团长一席谈话之后，我们决定抛弃道广，支持团长实行专政！——这是他痛定思痛的结果：把权力收回自己手中，带领沿河村走向繁荣富强！

那天晚上，团长到宾馆找我们，直言不讳地聊起了他和道广几人的矛盾，他困惑地说："我错了吗？换位想想，你们会怎么样？"

两位师兄诚恳地说："换位想想，我们会跟你一样！"

"就是！"团长笑了笑，"我必须拿掉他们，因为我有前车之鉴！ 其实每走一步，我都在问自己，我是出于公心还是私心？ 这样一问，我心里就敞亮了！"

我们解释说，道广几人也未必就是私心——

"说得好！"团长笑了笑，"但中国的事情你们也知道，往往出发点都是好的，但搞到最后，就变成个人之间搞来搞去！"

我们一时沉默了。

"积怨太深了！"团长长叹一声，"找你们来也就是这个意思，是到该解决的时候了，要不成天净搅事儿！ 你说我怎么弄？ 哄着他们？ 跟他们斗？ 我没那么多精力呀！ 我给你们丢个底，解决他们，但我并不想把事情搞大！"

我们不知道团长的"解决"是指什么，可能他自己也不知道。

"成天说我搞独裁，玩专政！ 也不看看我治下都是些什么人！"他指的是全体村民，"哪个是歪种？ 嗬，个个都是好汉哪！ 先祖的血正在他们身上淌着呢！ 要搁以前，这些都是拼刺刀、堵枪眼、当炮灰的主儿！ 对付这帮王八蛋，我跟他们讲民主？"说到这里，团长又好气又好笑，"难道我会跟他们说：胡性来，我派你去炸碉堡好不好？"弯下身子，声音是温柔的、探询的，接着口气一转，变成了娘娘腔，身子扭来扭去，"嗯，不嘛！"其实胡性来也不是这模样。

我们都笑起来。

接着团长继续表演。"那么我只好去找胡道广，我说道广，你看，兄弟我遇上麻烦了，你今天去把这阵地给我拿下！你猜道广怎么说：滚你妈的蛋！这下我不让了，我得有个团长的样子呀，于是我把桌子一拍——"果真把桌子一拍，"来人哪，把他拉出去给我毙了！"学得惟妙惟肖，末一句话，是扁着嗓子，一字一字从牙缝里蹦出来的。

"当然我不会这么做，这只是打个比方！我只能自己冲锋陷阵，我把手一挥，回头说：弟兄们，跟我上，冲啊！"说到这里，团长顿了顿，竖出三个手指头，正色说道，"三年！"

"三年啊！"他大发感慨，"我把一个穷山沟带到今天这个样！谁能做得到？我应该进吉尼斯世界纪录，因为我做到了别人三十年做不到的事！为什么？"他站起身来，背着手在屋子里踱了两步，突然回身，攥了攥拳头。

我不知道他这拳头是什么意思，强权？专政？

他放下拳头，一边低首踱步，一边自言自语："三年来，我每天都在打仗！"他突然停下，跺了跺地板，看定我们说："我把这儿当作战场！明白我说什么了吗？这儿从来就是战场，以前是，现在是，永远是！"

他又踱回窗边，一下子落在椅子上，架起腿颠了颠，问："知道我这三年是怎么过来的？"

我和两位师兄都不说话，完全被他吸引了。

"三年来，我就没睡过一次安稳觉！ 因为我身后跟着一只老虎，这老虎每天都在吼叫：效益，效益！ 那好，我也不管三七二十一了，我身先士卒，带领弟兄们就上！ 什么招没用上？ 军车就是一例子！ 好了，等到我把效益搞上去了，这老虎又改口了，他说他要公平！"说到这里，团长朝我们眨了眨眼睛，他被自己的这番演讲给搞笑了。

他朝我们摊了摊手，说："难道我不知道这两样此消彼长，就不能放一块儿扯？ 但是没办法，服从是军人的天职！于是我又不管三七二十一，带领一班弟兄就上，我干什么呢？ 我组织了一支特别行动队，简称别动队！"

"什么？"我们吓了一跳，又禁不住想笑。

"别吓着，"团长摆摆手，说，"也就是你们见到的巡逻队！ 这帮兄弟可是惨啰！ 又要管治安，又要防腐败！ 他们是什么都得管呀！ 没办法，现在人心这样坏，大伙儿愣是看什么都不顺眼！ ——"他把手越过头顶，反手推开窗户，"可是我这村子，却是全县最干净的地方，吃喝嫖赌全没有，贪污腐化死光光！"

"为什么？"团长开始设问，他的声音是那样的铿锵、有力、富有韵律，"因为我自己做得好，我不贪，不嫖，不赌！因为我是当家的，我得带头做个榜样！ 因为我有理想，我要把沿河村领到一个繁荣、干净的地方！"

我第一次知道，团长的口才竟这样好，声音并不大，但字正腔圆，语速张弛有度，兼表情丰富，或诚恳，或诙谐，极富感染力。

接着他把话题绕回来了——兜了个圈还没转向："这别动队是干什么的？ 这别动队可不是个玩意儿！ 他们不光要抓小偷、贪官、淫妇，他们的设立本是为了维护工人阶级的利益！ 这么说吧，我这边命令老板拼命剥削工人，那边命令别动队反对老板剥削工人！ 这就是我现在干的活儿！ 我拿我的矛攻我的盾！"说到这儿，团长笑了笑，既无奈又轻佻。

"那么好了，"他站起身来，一脚踢开椅子，面向窗口，那姿势就像将军站在他的前沿阵地，长长地叹了口气，说，"等到我把这些都搞定了，精神的，物质的，效益的，公平的，我受到了县里的表彰，忽然又有一个声音响起——"

他转过身来，问："什么声音？"

我们摇了摇头。

他尖着嗓子说："有人说我侵犯了人权！ 嗬，他们要搞什么民主！"说到这里，他弯了弯腰，拿眼睛觑着我们，颇有点舞台作风，我想他是不是入戏太深了？ 这是晚上，而且房间里的灯光也不是太明亮，他极有可能振臂一呼，喊几句"打倒胡道广！""反对资产阶级自由化！"什么的，就像当年人们对待他一样。

好在他适时地控制了自己，只平静地问了一句："你们说吧，我该怎么弄？ 让位给他们搞民主，叫村子乱得像无政府？ 或是跟他们斗一斗？"

那天晚上，我们三人又是一个彻夜不眠，商量了一个结果：站在团长一边，支持他实行威权统治！ 这是一个冒险的结果：哪怕像团长这样一个品行端正的人，权力一旦发作且不受约束，它将长成怎样的庞然大物？ 也正因此，这也是一个无奈的、权衡利弊的结果：沿河村再禁不起折腾了！

那几天，我们走访了一些村户，想听听他们的意见。 没想到村民们困惑得厉害，半天没明白怎么回事。 我们只好直话直说："你们支持哪一边吧，是兵团还是村寨？"

"兵团？ 什么兵团？ 有这回事？"

我们大吃一惊：难道这是我们在做梦？ 还是他们记性太坏？

突然想起了一个物证，于是便提醒他们："军车呀，村公所大楼旁的那辆军车呀！"

他们确乎想起了什么，笑道："有冇搞错？ 那不是什么军车！ 你以为屎壳郎穿上马甲就变成了乌龟？ 哈哈，那不过是辆绿色货车！"

两位师兄摆摆手，示意我不要再纠缠这问题了，他们问："村长和道广他们有矛盾，你们总知道吧？"

这下他们听明白了："嘻，说的是这个呀，干吗绕来绕去？ 都是整顿引起的！"并且高屋建瓴地给出了总结："官商矛盾，不足稀奇！ 由他们闹去吧，我们只挣自己的小钱！"我不由得放下心来，群众不参与，看道广几人怎么和村长斗！

我们又问：那他们可有倾向性？ 如果一定要站队，他们站在哪一边？

他们是这样回答的：站什么队？ 两边都不是好东西！

我们很是头疼：可怜村长鞠躬尽瘁，先人后己，三年来把全村引向小康路，到头来却仍不落好，弄了一身不是！ 我们不明白是怎么回事。

村民们暧昧地笑了："你们当然不明白了！ 他管得太宽了，什么都弄得干干净净！"

其中一个直言不讳："又不让嫖，又不让赌，就连搞个婚外情都不允许，现在男男女女都压抑得要命！"

我和两位师兄忍不住笑起来，原来这么回事！

那么道广呢？ 道广几人可正在想方设法为他们争取权益啊！ 没想到村民们更来气了："别跟我提这个人的名字！ 一听就上火！ 这个吸血鬼！ 暴发户！ 他的钱哪儿来的？ 那是榨取我们的血汗得来的！ 三年来，他剥我们的皮，抽我们的筋！ 叫我们加班加点，还不涨工资！ 现在说给我们争取什么权益，谁稀罕！ 我们现在好得很，我们不需要权益，我们需要的是钞票！"

另一个挥挥手说："叫他们搞去吧，最好两败俱伤才好！"歪头想了想，似乎不对，恨资本家更多一点，于是便说："我是支持村长的，早该下手了，最好把他们的钱没收了，拿来大家分一分才好！"

后来我们又找到道广等人，还没说上几句，道广跳起来便骂："这帮小人、愚众！ 我好心好意为他们着想，倒落了

这个下场！ 这绝对是仇富心理！ 我可以告诉你们，哪天我
一高兴，我千金散尽，出家做和尚去！ 你看我做不做得出
来！ 但这事得我自愿，谁要是逼迫我，动我一个子儿，我跟
他拼个鱼死网破！"冷笑一声："我明白了，肯定有人在调唆
劳资矛盾，好掩饰他的独裁统治！"

我们只是摇头，沿河村要出事啦！ 一个唾沫星都能引起
一场大火！ 有一天，我们正在跟团长商量对策，几个别动队
员闯进来报告：道广正在发动群众搞民主测评，想把团长给
搞下去。

团长不介意地笑笑："叫他们搞好了！ 群众会听他的？
不自量力！ 还以为这是从前哪！"

别动队员说："他们正在花钱买选票，一百块一张！"

我们一听"啊"了一声：这招太损了，能成事儿！

团长激动得一蹦三尺高："好，好！ 狗娘养的，跟我玩
这套！ 来人哪，去把他们给我铐了！ 就说聚众闹事，妨碍
生产！"

正说着，另一批别动队员又跑进来报告：道广的厂子已
经被封了，正待停业整顿！

我们吃了一惊，怎么团长事先不知会我们一声？ 这等于
是，两边同时出手了！

还来不及问什么，突听楼下一阵吵嚷，我们扑到窗前：
浩浩荡荡的游行示威已经开始了！ 领头的举着标语横幅，上
写"失业工人大联盟""我们要吃饭""打倒独裁"等字样，

一路直奔村公所而来。而楼下已是人山人海，有站着的，有坐着的，有喊口号的，有往楼上冲的，有爬上电线杆的，就连军车上都站满了人。

先前的两个别动队员又跑回来了，团长问："道广呢？铐了没有？"

回答是："人没了，找不着了。"

团长掉头就往楼下跑，被别动队员一把拉住："这边走！"

我们也跟着他们跑，楼道里的人越来越多，推推搡搡竟然也下了楼，回身一看，团长没了，周围全是人，挤进挤出都不可能了！再往上看，整个村公所大楼都被占领了：各个楼层都站满了人，或交头接耳，或东张西望，也有人手扶阳台做领袖状的，挥挥手说："同志们好！"楼下也一阵狂呼乱叫："首长好！"有人搭着人梯爬阳台，阳台上的人把他们往下推！顶楼的平台上，有人摇着小红旗在四处奔跑！没有人关心结果会怎样，全民狂欢的场景又开始了。

我们急得团团转，拉住几个人问了问，什么说法都有，有说团长被绑架了，又有说道广、性来被制伏了，又有说三人都在村公所里，被群众给包围了！

后来才知，三个人都不在村公所。最先出现的是性来，也不知怎么就在人群里遇上了，彼此都很惊讶。性来汗渍淋漓，一问三不知，只说："那个人跑了，找不着了。"那人是谁？团长？

又问："道广呢？"也不知道，走丢了。

"那你是从哪儿来的？"也不知道，被挤到这儿来的。

直到这时，性来还不当个事儿，四下里看看，笑道："乖，瞧他们高兴的！ 一帮无政府主义！"一边还安慰我们："没事儿，他们堂兄弟一家人，道广这人也不好，性子太急，太耿！"

又议论团长："玩得确实过分了点，这几年尤其厉害，整一个暗无天日！ 但这种事也别太认真，他人不坏的，又没什么私心——"我们很感动于性来如此宽宏、体谅，谁知他话锋一转："搞搞他也可以的，给他提个醒！"

正说着，人群那边一阵骚动，原来道广出现了。 道广不知怎么已经站到了一张桌子上，正鹤立鸡群对着群众喊话，他一手放在腮边作扩音器，一手紧握拳头，——隔得远，我们听不见，有人立马给我们传话，喊的是：打倒独裁者！ 民主村寨回归了！

我们一阵茫然：就这么回归了？

还不及明白怎么回事，那边又是一阵狂欢。

我们急问：又说了什么？

那个传话的人也勾过头去问，总之，一传十，十传百，传到我们这儿的是：以后自由啦！ 可以吃喝嫖赌、乱搞男女关系啦！

性来上前把那人踹了一脚，笑骂道："我叫你胡说！ 他会说出这种话！"

我们也直笑，怎么也搞不明白，政治运动怎么就变成了一场娱乐！

最精彩的是团长的出现，团长的出现引来了万民欢腾，那是帝王一般的待遇，首先出现的是两列威风凛凛的别动队员，他们手持棍棒，硬生生地从人群里拼出一条御道来，我们都屏住呼吸，在翘首企盼的那一刹那，有人熬不住了，一个嘶哑的声音开始呼号："胡道宽，我爱你！"

话音未落，整个广场开始地动山摇，有跺脚的，有尖叫的，有竖起拳头喊口号的："胡道宽万岁！""打倒资本家！"……团长就是在这样的场合闪亮登场的，他一身旧军装，脚蹬解放鞋，整个人神采奕奕，仿佛刚冲过澡！他一边大踏步，一边向群众挥手致意，妇女们开始掩脸哭泣，广场一片如痴如狂！

很多年后我都在想，团长的情绪也许是从这时飞起来的，他进入了忘我的状态，步伐一纵一纵的，像是在飘，当看见道广还戳在人群中的时候，他愣了一下，喝令别动队："去！把竖着的那个人给我绑了！"说完便沿着御道走向村公所。

我们愣了一下，赶紧挤过去，跟上了他。

团长踏上二楼，此时，整幢大楼没什么人了，别动队员已把人群撵了干净，各楼层正在实行戒严！团长把双手搭在楼沿上，开始了一场即兴演讲："是的，同志们，民主村寨确实回归了，因为我又回来了！从来就没有什么兵团，这是臆想的产物！ 一小撮别有用心的人阴谋推翻村政府，逼着我成立兵团，但是我拒绝了！"

楼下传来道广的怒骂声："我操你八辈子祖宗，胡道宽！我跟你没完！"

我们回过头去，却见道广已被绑架上楼，趔趔趄趄地停在楼梯口。

团长侧身把他看了看，笑道："我看你还是免了吧，那也是你的祖宗！"

这时发生了一点小意外，已被架往三楼的道广突然挣脱了别动队员的手臂，转身往楼下跑，他踏着跨栏运动员的步伐，三步并作两步，飞身扑向团长，我们一声惊叫，道广已经架住了团长的脖子，手里攥着一把匕首，两个人在走廊上扭了几回，十几个别动队员围着他们转，只是不敢近身。

道广架着团长面向群众，一边说："这些年你翻了天了，无法无天！ 看整个村子被你弄成什么样，谁还敢说一句话？动不动就封厂，你还让不让人活？"

团长气喘吁吁地说："你别逼我啊，我当兵出身，可是什么事都做得出来的！"

道广笑了笑："我这身手，从前飞檐走壁，可真叫一个了得！ 哈，现在权当练练手！"

团长一反手，把道广的匕首给打落了，两人抱成一团，滚到了地上。 别动队员这才一窝蜂地跑上来，按住了道广，团长一下子跳将起来，撸了一下头发。

团长围着躺在地上的道广直转圈，他脸红脖粗，我想他这时可能已经晕了，身子跟跟跄跄，步伐也不稳，他弯下腰来，用眼睛眈着道广，瞄了又瞄，突然直起身来，发出了我这一生所能听见的最歇斯底里的一声呐喊：把他拉去给我毙了！

我们大惊失色，原先狂欢的人群突然安静了，此时天色已近黄昏，路灯还没有亮，一阵微风吹过，我浑身抖了抖，很分明的，感到四周有一股苍凉、肃杀的气氛，那是团长在剥夺一个犯了错误的士兵的生命！　不远处能看见几户人家，灰色屋顶，平台上晾着夏天的衣服，一只老猫走在灰色的屋檐上，也有炊烟……这些都是生命，都慢慢隐于夜色里了。

别动队员站着不动，远远看上去就像一桩桩雕塑。

我慢慢地蹲下身来，把脑门磕在膝盖上，虽然头晕目眩，其实也知道，这是和平年代，我身处的这个边疆小寨正在热火朝天地奔向现代化。

两位师兄走上前去，拿手碰了碰团长。

团长像触了电似的，再次跳起来，挥起手臂，一连串地嚷："毙了，毙了，把他们拉出去统统给我毙了！"

广场上的人群一下子作鸟兽散，团长扭头看了看他们，静静地笑了，他笑了好长一会儿，只是不出声，然后他把身子前倾，膝盖一软，磕到了地上，他一直跪在那儿，即便在黑暗里，我也能看见他那散淡的目光，有如夜游……

八

第二天，我们便离开了沿河村，而且走得很不体面，等于是不辞而别，于这个村庄而言是消失得无影无踪。 这件事对我们打击之大，以至于后来再没有回过沿河村。 我们后悔当初的选择吗？ 老实说，不！ 我说过，这世上没有完美的生活，无论选择谁都是错的。

很多年后的今天，我们三人都已隐遁于生活中，只做一个看客。 偶尔，我们还能听到这个村庄的一点消息，村长、道广、性来也总有电话过来，抱怨各自的苦闷和烦恼，我们听着，也只是笑。

老郑的女人

(小城系列之二)

一

算起来，这是十几年前的事了。

那时候，大老郑不过四十来岁吧，是我家的房客。 当时，家里房子多，又是临街，我母亲便腾出几间房来，出租给那些来此地做生意的外地人。 也不知从哪一天起，我们这个小城渐渐热闹了起来，看起来，就好像是繁华了。

原来，我们这里是很安静的，街上不大看得见外地人。生意人家也少，即便有，那也是祖上的传统，习惯在家门口摆个小摊位，卖些糖果、干货、茶叶之类的东西。 本城的大部分居民，无论是机关的、工厂的、学校的……都过着闲适、有规律的生活，上班，下班，或者周末领着一家人去逛逛公园、看场电影。

城又小。 一条河流，几座小桥。 前街，后街，东关，西关……我们就在这里生活着，出生，长大，慢慢地衰老。

谁家没有那些陈芝麻烂谷子的事，说起来都不是什么新鲜事，不过东家长西家短的，谁家婆媳闹不和了，谁离婚了，谁改嫁了，谁作风不好了，谁家儿子犯了法了……这些事要是轮到自己头上，就扛着，要是轮到别人头上，就传一传，说一说，该叹的叹两声，该笑的笑一通，就完了，各自忙生活去了。

这是一座古城，不记得有多少年的历史了，项羽打刘邦那会儿，它就在着，现在它还在着；项羽打刘邦那会儿，人们是怎么生活的，现在也差不多这样生活着。

有一种时候，时间在这小城走得很慢。一年年地过去了，那些街道和小巷都还在着，可是一回首，人已经老了。——也许是，那些街道和小巷都老了，可是人却还活着；如果你不经意走过一户人家的门口，看见这家的门洞里坐着一个小妇人，她在剥毛豆米，她把竹筐放在膝盖上，剥得飞快，满地绿色的毛豆壳子。一个静静的瞬间，她大约是剥累了，或者把手指甲挣疼了，她抬起头来，把手甩了甩，放在嘴唇边咬一咬，哈哈气……可不是，她这一哈气，从前的那个人就活了。所有的她都活在这个小妇人的身体里，她的剥毛豆米的动作里，她抬一抬头，甩一甩手……从前的时光就回来了。

再比如说，你经过一条巷口，看见傍晚的老槐树底下，坐着几个老人，有一搭没一搭地聊着什么。他们在讲古城。其中一个老人，也有八十了吧，讲着讲着，突然抬起头来，拿手朝后颈处挠了几下，说，日娘的，你个毛辣子。

多少年过去了，我们小城还保留着淳朴的模样，这巷口，老人，俚语，傍晚的槐树花香……有一种古民风的感觉。

另一种时候，我们小城也是活泼的，时代的讯息像风一样地刮过来，以它自己的速度生长、减弱，就变成我们自己的东西了。 时代讯息最惊人的变化首先表现在我们小城女子的身上。 我们这里的女子多是时髦的。 不记得是哪一年了，我在报纸上看到，广州妇女开始化妆了，涂口红，抹眼影，一些窗口单位如商场等还做了硬性规定，违者罚款。 广州是什么地方，可是也就一年半载的工夫，化妆这件事就在我们这里流行起来了。

我们小城的女子，远的不说，就从穿列宁装开始，到黄军服，到连衣裙，到超短裙……这里横躺了多少个时代，我们哪一趟没赶上？

我们这里不发达，可是信息并不闭塞。 有一阵子，我们这里的人开口闭口就谈改革、下海、经济，因为这些都是新鲜词汇。

后来，外地人就来了。

外地人不知怎么找到了我们这个小城，在这里做起了生意，有的发了财，有的破了产，最后都走了，新的外地人又来了。

最先来此地落脚的是一对温州姐妹。 这对姐妹长得好，白皙秀美，说话的声音也温婉曲折，听起来就像唱歌一样。她们的打扮也和本地人有所区别，谈不上哪儿有区别，就比如说同样的衣服穿在她们身上，就略有不同。 她们大约要洋气一些，现代一些；言行淡定，很像是见过世面的样子。 总之，她们给我们小城带来了一缕时代的气息，这气息让我们想起诸如开放、沿海、广东这一类的名词。

也许是基于这种考虑，这对姐妹就为她们的发廊取名叫作"广州发廊"。 广州发廊开在后街上，这是一条老街，也不知多少年了，这条街上就有了新华书店、老邮局、派出所、文化馆、医院、粮所……后来，就有了这家发廊。

这是我们小城的第一家发廊，起先，谁也没注意它，它只有一间门面，很小。 而且，我们这里管发廊不叫发廊，我们叫理发店，或者剃头店。 一般是男顾客占多，隔三岔五地来理理发、修修面，或者叫人捏捏肩膀、捶捶背。 我们小城女子也有来理发店的，差不多就是洗洗头发，剪了，左右看看就行了。 那时，我们这里还没有烫发的，若是在街上看见一个自来卷的女子，她的波浪形的头发，那真是能艳羡死很多人的，多洋气啊，像个洋娃娃。

广州发廊给我们小城带来了一场革新。 就像一面镜子，有人这样形容道，它是一个时代在我们小城的投影。 仅仅从头发上来说，我们知道，生活原来可以这样，花样百出，争奇斗艳。 是从这里，我们被告知关于头发的种种常识，根据脸形设计发型，干洗湿洗，修护保养，拉丝拉直，更不要说烫发了。

等我知道了广州发廊，已经是两三年以后的事了。 有一天放学，我和一个女同学过来看了，一间不足十米见方的小屋子里，集中了我们城里最时髦漂亮的女子，她们取号排队，也有坐着的，也有站着的，或者手里拿着一本发型书，互相交流着心得体会……我有些目眩，到底因为年纪小，胆怯，踅在门口看了一下就跑出来了。

我听人说，广州发廊之所以生财有道，是因为不单做女人的生意，就连男人的生意也要做的。做男人的生意，当然不是指做头发，而是别的。这"别的"，就有人不懂了，那懂的人就会诡秘一笑，解释给他听：这就是说，白天做女人的生意，夜里做男人的生意。听的人这才恍然大悟，因为这类事在当时是破天荒的，人的见识里也是没有的。因此都当作一件新奇事，私下里议论得很有劲道。

倘若有人怀疑道，不可能吧？派出所就在这条街上……话还没说完，就会被人"嘻"的一声打断道，派出所？怎见得派出所里就没她们的人？说着便一脸的坏笑。或者由另外的人接话道，你真是不灵通，现在都什么年代了，这事在广东那边早盛行了。

大老郑是在后些年来到我们小城的，他是福建莆田人，来这里做竹器生意。当时，我们城里已经集聚了相当规模的外地人，就连本城人也有下海做生意的，卖小五金的，卖电器的，开服装店的。

广州发廊不在了，可是更多的发廊冒出来，像温州发廊、深圳发廊……这些发廊也多是外地人开的，照样门庭若市。 那温州两姐妹早走了，她们在这里待了三四年，赚足了钱。 关于她们的传言没人再愿意提起了，仿佛它已成了老皇历。 总之，传言的真假且不去管它，但有一点却是真的，人们因为这件事被教育了，他们的眼界开阔了，他们接受了这样一个现实。 一切已见怪不怪。

大老郑租的是我家临街的一间房子。 后来，他三个兄弟也跟过来了，他就在我家院子里又加租了两间房。 院子里凭空多了一户人家，起先我们是不习惯的，后来就习惯了，甚至有点喜欢上他们了，因为这四兄弟为人正派乖巧，个性又各不一样，凑在一起实在是很热闹。 关键是，他们身上没有生意人的习气，可什么是生意人的习气，我们又一下子说不明白了。

就说大老郑吧，他老实持重，长得也温柔敦厚，一看就是个做兄长的样子。 平时话不多，可是做起事来，那真是既有礼节，却又不拘泥于礼节，这大概就是常人所说的分寸了。 当年，我家院子里种了一株葡萄，长得很旺盛，一到夏天，成串的葡萄从架子上挂下来，我母亲便让大老郑兄弟摘着吃。 或者她自己摘了，洗净了，放到盘子里，让我弟弟送过去。 大老郑先推让一回，便收下了；可是隔一些日子，他就瓜果桃李地买回来，送到我家的桌子上。 又会说话，又能体贴人，说的是：是去乡下办事，顺便从瓜田里买回来的，又新鲜，又便宜，不值几个钱的，吃着玩吧……一边说，一边笑，仿佛占了多少便宜似的。

他又是顶勤快的一个人。每天清晨，天蒙蒙亮就起床了，开门第一件事就是扫院子，又为我家的花园浇浇水、除除草……就像待自己家里一样。我奶奶也常夸大老郑懂事，能干，心又细，眼头又活……哪个女人跟了他，怕要享一辈子福呢。

大老郑的女人在家乡，十六岁的时候就嫁到郑家了，跟他生了一双儿女。我们便常常问大老郑，他的女人，还有他的一双儿女。大凡这时候，大老郑总是要笑的，不说好，也不说不好……总之，那样子就是好了。

我们说，大老郑，什么时候把你老婆孩子也接过来吧，一起住一段。

大老郑便说好，说好的时候照样还是笑着的。

有很长一段时间，我们都信了大老郑的话，以为他会在不经意的某天，突然带一个女人和两个少年到院子里来。尤其是我和弟弟，整个暑假慢而且昏黄，就更加盼望着院子里能多出一两个玩伴，他们来自遥远的海边，身体被晒得黝黑发亮，身上能闻见海的气味。他们那儿有高山，还有平原，可以看见大片的竹林。

这些，都是大老郑告诉我们的。大老郑并不常提起他的家乡，我们要是问起了，他就会说一两句，只是他言语朴实，很少说他的家乡有多好，多美，但是不知为什么，我的眼前总浮现出一幅和我们小城迥然不同的海边小镇的图景，那儿有青石板小路，月光是蓝色的，女人们穿着蓝印花布衣衫，头上戴着斗笠，背上背着竹筐……和我们小城一样，那儿也有民风淳朴的一瞬间，总有那么一瞬间，人们善良地生活着，善良而且安宁。

我不知道，我为什么会有这样的想象，也许这一切是缘于大老郑吧。一天天的日常相处，我们慢慢对他生出了感情，还有信任，还有很多不合实际的幻想。我们喜欢他。还有他的三个弟弟，也都个个讨人喜欢。就说他的大弟弟吧，我们俗称二老郑的，最是个活泼俏皮的人物，又爱说笑，又会唱歌，唱的是他们家乡的小调：

姑娘啊姑娘

你水桶腰　水桶腰

腔调又怪，词又贫，我们都忍不住要笑起来。有一次，大老郑以半开玩笑的口吻，托我母亲替他的这个弟弟在我们小城里结一门亲事，我母亲说，不回去了？大老郑笑道，他们可以不回去，我是要回去的，是有老婆孩子的人呢。

大老郑出来已有一些年头了，他们莆田的男人，是有外出跑码头的传统的。钱挣多挣少不说，一年到头是难得回几次家的。我母亲便说，不想老婆孩子啊？大老郑挠挠腮说道，有时候想。我母亲说，怎么叫有时候想？大老郑笑道，我这话错了吗？不有时候想，难道是时时刻刻想？我母亲说，那还不赶快回去看看。大老郑说，不回去。我母亲说，这又是为什么？ 大老郑笑道，都习惯了。 他又朝他的几个兄弟努努嘴，道，这一摊子事丢给他们，能行吗？

　　大老郑爱和我母亲叨唠些家常。 这几个兄弟，只有他年纪略长，其余的三个，一个二十六岁，一个二十岁，最小的才十五岁。 我母亲说，书也不念了？ 大老郑说，不念了，都不是念书的人。 我母亲说，老三还可以，文弱书生的样子，又不爱说话，又不出门的。 大老郑说，他也就闷在屋子里吹吹笛子罢了。

　　老三吹得一手好笛子，每逢有月亮的晚上，他就把灯灭了，一个人坐在窗前，悠悠地吹笛子去了。 难得有那样安静惬意的时刻，我们小城仿佛也不再喧闹了，变得寂静，沉默，离一切好像很远了。

　　有一阵子，我们仿佛真是生活在一个很远的年代里，尤其是夏天的晚上，我们早早地吃完了饭，我和弟弟把小矮凳搬到院子里，就摆出乘凉的架势了。 我们三三两两地坐着，在幽暗的星空底下，一边拍打着蒲扇，一边听我父母讲讲他们从单位听来的趣闻，或者大老郑兄弟会说些他们远在天边的莆田的事情。

　　或有碰上好的连续剧，我们就把电视机搬到院子里，两家人一起看；要是谈兴甚浓的某个晚上，我们就连电视也不看的，光顾着聊天了。

　　我们说一些闲杂的话，吃着不拘是谁家买来的西瓜，困了，就陆续回房睡了。 有时候，我和弟弟舍不得回房，就赖在院子里。 我们躺在小凉床上，为的就是享受这夏夜安闲的气氛，看天上的繁星，或者月亮光底下梧桐叶打在墙上的影子；听蛐蛐、知了在叫，然后在大人窃窃的细语中，在郑家兄弟悠扬的笛声和催眠曲一样的歌声中睡去了。

似乎在睡梦之中，还能隐隐听到，我父亲在和大老郑聊些时政方面的事，关于经济体制改革、政企分开、江苏的乡镇企业、浙江的个体经营……那还了得！ ——只听我父亲叹道，时代已发展到什么程度了！

我们两家人，坐在那四方的天底下，关起院门来其实是一个完整的小世界。 不管谈的是什么，这世界还是那样的单纯、洁净、古老……使我后来相信，我们其实是生活在一场遥远的梦里面，而这梦，竟是那样的美好。

二

有一天，大老郑带了一个女人回来。

这女人并不美，她是刀削脸，却生得骨骼粗大。 人又高又瘦，身材又板，从后面看上去倒像个男人。 她穿着一身黑西服，白旅游鞋，这一打眼，就不是我们小城女子的打扮了。 说是乡下人吧，也不像。 因为我们这里的乡下女子，多是老老实实的庄稼人的打扮，她们不洋气，可是她们朴素自然，即便穿着碎花布袄、方口布鞋，那样子也是得体的，落落大方的。

我们也不认为这是大老郑的老婆,因为没有哪个男人是这样带老婆进家门的。 大老郑把她带进我家的院子里,并不作任何介绍,只朝我们笑笑,就进屋了。 隔了一会儿,他又出来了,趄在门口站了会儿,仍旧朝我们笑笑。

我们也只好笑笑。

我母亲把二老郑拉到一边说,该不会是你哥哥雇的保姆吧。 二老郑探头看了一眼,说,不像。 保姆哪有这样的派头,拎两只皮箱来呢。

我母亲说,看样子要在这里落脚了,你哥哥给你们找了个新嫂子呢。 二老郑便吐了一下舌头,笑着跑了。

说话已到了傍晚,天色还未完全暗下来,从那半开着的门窗里,我们就看见了这个女人,她坐在靠床的一张椅子上,略低着头,灯光底下只看见她那张平坦的脸,把眼睛低着,看自己的脚。 她大约是坐得无聊了,偶尔就抬起头来朝院子里睃上一眼,没想到和我们其中一个的眼睛碰个正着,她就重新低下了头,手不知往哪儿放,先拉拉衣角,然后有点局促的,就摆弄自己的手去了。

她的样子是有点像做新娘子的,害羞,拘谨,生疏。 来到一个新环境里,似乎还不能适应。 屋里的这个男人,看上去她也不很熟悉,也许见过几次面,留下一个模糊美好的印象,知道他是个老实人,会待她好,她就同意了,跟了他。

那天晚上,她给我们造成了一种婚嫁的感觉,这感觉庄重、正大,还有点羞涩,仿佛是一对少年夫妻的第一次结合，这中间经过媒妁之言，一层层繁杂的手续……终于等来了这一天。而这一天，院子里的气氛是冷淡了些，大家都在观望。只有大老郑兴兴头头的，在屋子里一刻不停地忙碌着，他先是扫地，擦桌子……当这一切都做完的时候，他犹豫了一下，在离她有一拳之隔的床头坐下了。他搓着手，一直微笑着，也许他在跟她说些什么，她抬起头来看他一眼，就笑了。

他起来给她倒了一杯水。

再起来给她搬来一只放杯子的凳子。

那么下面还能做些什么呢？想起来了，应该削个苹果吧，于是他就削苹果了。他把苹果削得很慢很慢，像在玩一样技艺。有时他会看她，但更多的还是看我们，看我和弟弟，还有他家的老四。我们这几个半大不小的孩子，就站在院子正中的花园里，一边说着玩着笑着，一边装作不经意地探头看着……隔着花园里的各种盆盆罐罐，两棵冬青树，我们看见大老郑半恼不恼地瞪着我们，他伸出一只腿来把门轻轻地挡上了。

那天晚上，这女人就在大老郑的房里住下了。原先，大老郑是和老四住一间房，后来，老四被叫进去了，隔了一会儿，我们看见他卷着铺盖从这一间房挪到另一间房，他又嘟着嘴，好像很不情愿的样子，我们就都笑了。

那天的气氛很奇怪，我们一直在笑。按说，这件事本没有什么特别可笑的地方，因为我们小城的风气虽然保守了些，可是在男女之事上，也有它开通豁达的一面。大约这类事在哪里都是免不了的，一个已婚男子，老婆又常不在身边，那么，他偶尔做些偷鸡摸狗的事也是正常的。我父亲有一个朋友，我们唤作李叔叔的，最是个促狭的人物，因常来我们家，和大老郑混熟了，有一次就拿他开玩笑说，大老郑，给你找个女朋友吧？

大老郑便笑了，嗫嚅着嘴巴，半晌没见他说出什么来。李叔叔说，你看，你长得又好，牙齿又白，还动不动就脸红——

我母亲一旁笑道，你别逗他了，大老郑老实，他不是那种人。

可是那天晚上，我母亲也不得不承认道：这个死大老郑，我真是没看出来呢。她坐在沙发上，很笃定地等大老郑过来跟她谈一次。她是房主，院子里突然多出来一个女人，她总得过问一下，了解一些情况吧。

原来，这女人确是我们当地的，虽家在乡下，可是来城里已有很多年了。先是在面粉厂做临时工，后来不知为什么辞了职，在人民剧场一带卖葵花子。我母亲说，我们也常去人民剧场看电影看戏的，怎么就没见过你？

女人说，我也常回家的。——当天晚些时候，大老郑领女人过来拜谒我母亲，两人坐在我家的客厅里，女人不太说什么，只是低着头，拿手指一遍遍地划沙发上的布纹，她划得很认真，那短暂的十几分钟，她的心思都集中到她的手指和布纹上去了吧。 大老郑呢，只是一个劲儿地抽着烟，偶尔，他和我母亲聊些别的事，常常就沉默了。 话简直没法说下去了，他抬头看了一眼灯下的蛾虫，就笑了。 我母亲说，你笑什么？

大老郑说，我没笑啊。

这么一说，女人禁不住也笑了起来。

女人就这样来到我们的生活里，成为院子里的一个成员。 这一类的事，又不便明说的，大家也就睁一只眼闭一只眼的，就此混过去算了。 我母亲原是极开明的，可是有一阵子，她也苦恼了，常对我父亲嘀咕道，这叫什么事啊！ 家妻外妾的，还当真过起小日子来了。 ——又是叹气，又是笑的，说，别人要是知道了，还不知该怎么嚼舌呢，以为我这院子是藏污纳垢的——

其实，这是我母亲多虑了。 时间已走到了一九八七年秋天，我们小城的风气已经很开化了。 像暗娼这样古老的职业都慢慢回头了，公安局就常下达"扫黄"文件，我父亲所在的报社也做过几次跟踪报道。 当然了，我们谁也没见过暗娼，也不知她们长什么样子，穿什么样的衣裳，有着怎样的言行和做派，所以私下里都很好奇。 我母亲笑道，再怎么着，大老郑带来的这个也不像。 我奶奶说，不像，这孩子老实。 再则呢，她也不漂亮，吃这行饭的，没个脸蛋身段、那股子浪劲，那还不饿死！ 我父亲笑道，你们都瞎说什么呢？

总之，那些年，我们的疑心病是重了些，我们是对一切都有好奇、都要猜忌的。 那的确是个与众不同的年代吧，人心总是急吼吼的，好像睡觉也睡不安稳。 一夜醒来，看到的不过还是那些旧街道和旧楼房，可是你总会感觉到，有什么东西变了，它正在变，它已经变了，它就发生在我们的生活里，而我们是看不见的。

无论如何，女人就在我家的院子里住了下来。 起先，我们对她并不友善，我母亲也有点忌讳她和大老郑的姘居关系，可是又不能赶，一则和大老郑的交情还不错，二则呢，这女人也着实可怜，没家没道的，乡下还有个八岁的男孩，因离了婚，判给前夫了。

她待大老郑又是极好的，主要是勤快，不惜力气。 平时浆洗缝补那是免不了的，几个兄弟回来，哪次吃的不是现成饭？ 还换着花样，今天吃鱼明天吃肉的，逢着大老郑兴致好了，哥几个哑二两小酒也是有的。 他们一家子人，围着饭桌坐着，在日光灯底下，刚擦洗过的地面泛着清冷的光。

有时候，饭是吃得冷清了些，都不太说话，偶尔大老郑会搭讪两句，女人坐在一旁静静地笑。 有时却正好相反，许是喝了点酒的缘故吧，气氛就活跃了起来。 老二敲着竹筷唱起了歌，他唱得哩哩啦啦的，不成腔调，女人抿嘴一乐道，是喝多了吧？

老三说，别理他，他一会儿就好了。

两人都愣了一下，可不是，话就这么接上了，连他们自己都不提防。 郑家几个兄弟都是老实人，他们对她始终是淡淡的，淡不是冷淡，而是害羞和难堪。 就比如说她姓章，可是怎么称呼呢，又不能叫嫂子或姐姐的，于是就叫一声"哎"吧，"哎"了以后再笑笑。

女人很聪明，许是看出我们的态度有点睥睨，所以轻易不出门。 白天她一个人在家，她把衣服洗了，饭做了，卫生打扫了，就坐在沙发上嗑嗑瓜子，看看电视。 看见我们，照例会笑笑，抬一下身子，并不多说什么。 从她进驻的那一天起，这屋子就变了，新添了沙发、茶几、电视……她还养了一只猫，秋天的下午，猫躺在门洞里睡着了，下午三四点钟的太阳照下来，使整个屋子洋溢着动物皮毛一样的温暖。

有一次，我看见她在织手套，枣红色的，手形小巧而精致，就问，给谁的？ 织给儿子的吗？ 她笑道，儿子的手会有这么大？ 是老四的。 她放下手里的活儿，找来织好的那一只放在我手上比试一下，说，我估计差不多，不会小吧？

几个弟弟中，她是最疼老四的，老四嘴巴甜，又不明事理，有一次就喊她"姐姐"了，她愣了一下。 一旁的老二老三对了对眼色，竟笑了。 没人的时候，老四会告诉她莆田的一些事情，他的嫂子，两个侄儿。 他们镇上，很多人家都住上小楼了，她就问，那你家呢？ 老四说，暂时还没有，不过也快了。

她又问，你嫂子漂亮吗？ 这个让老四为难了，他低着头，把手伸进脖颈处够了够，说，反正是，挺胖的。 她就笑了。

她并不太多问什么的，说了一会儿话，就差老四回房，看看他二哥三哥可在，老四把头贴在窗玻璃上说，你待会儿来打扫吧，他们在睡觉。她笑道，谁说我要打扫，我要洗被套，顺带把你们的一块儿洗了。

她虽是个乡下人，却是极爱干净的，和几个兄弟又都处得不错，平时帮衬着替他们做点事情。她说，我就想着，他们挺不容易的，到这千儿八百里的地方来，也没个亲戚朋友的，也没个女人。说着就笑了起来。她的性格是有点淡的，不太爱说话，可是即便一个人在房间里坐着，房间里也到处都是她的气息。就像是，她把房间给撑起来了，她大了，房间小了。

也真是奇怪，原来我们看见的散沙一样的四个男人，从她住进来不久，就不见了，他们被她身上一种奇怪的东西统领着，服从了，慢慢成了一个整体。有一次，我母亲叹道，屋里有个女人，到底不一样些，这就像个家了。

而在这个家里，她并不是自觉的，就扮演了她所能扮演的一切角色，妻子，母亲，佣工，女主人……而她，不过是大老郑的萍水相逢的女人。

她和大老郑算得上是恩爱了。也说不上哪儿恩爱，在他们居家过日子的生活里，一切都是平平常常的，不过是在一间屋子里吃饭，睡觉。得空大老郑就回来看看，也没什么要紧事，就是陪陪她，一起说说话。她坐在床上，他坐在床对

面的沙发上。门也不关——门一不关，大方就出来了，就像
夫妻了。

慢慢地，我们也把她当作大老郑的妻了，竟忘了莆田的
那个。我们说话又总是很小心，生怕伤了她。只有一次，
莆田的那个来信了，我奶奶对大老郑笑道，信上说什么了？
是不是盼着你回去呢？我母亲咳嗽了一声，我奶奶立刻意识
到了，讪讪的，很难为情。女人像是没听见似的，微笑着
坐在灯影里，相当安静地削苹果给我们吃。

也许我们不会意识到，时间怎样纠正了我们，半年过去
了，我们接受了这女人，并喜欢上了她。我们对她是不敢有
一点猜想的，仿佛这样就亵渎了她。我母亲曾戏称他们叫
"野鸳鸯"的，她说，她待他好，不过是贪图他那点钱。后
来，我母亲就不说了，因为这话没意思透了，在流水一样平
淡的日子里，我们看见，这对男女是爱着的。

他们爱得很安静，也许他们是不作兴海誓山盟的那一
类，经历了很多事情了，都不天真了。往往是晚饭后，如果
天不很冷的话，他们就出去走走，我母亲打趣道，还轧马
路？怎么跟年轻人似的。他们就笑笑，女人把围巾挂在大
老郑的脖子上，又把他的衣领立起来。有时候他们也会带上
老四，老四在院子外玩陀螺，他一边抽着陀螺，一边就跟着
他们走远了。

或有碰上他们不出去的，我们两家依旧是要聊聊天的，
说一说天气、饮食、时政。老二倚在门口，说了一句笑话，

我们便"噗"的一声笑了，也是赶巧了，这时候从隔壁的房间里传来了一声清亮的笛音，试探性的，断断续续的，女人说，老三又在吹笛子了。我们便屏住了声息，老三吹得不很熟练，然而听得出来，这是一首忧伤的调子，在寒夜的上空，像云雾一样静静地升起来了。

我家的院子似乎恢复了从前的样子，甚至比从前还要好。一个有月亮光的晚上，人们寒缩，久长，温暖。静静地坐在屋子里，知道另一间屋子里有一个女人，她坐在沙发上织毛线衣，猫蜷在她脚下睡着了。冬夜是如此清冷，然而她给我们带来了一种岁月悠长的东西，这东西是安稳，齐整，像冬天里人嘴里哈出来的一口热气，虽然它不久就要冷了，可是那一瞬间，它在着。

她坐在哪儿，哪儿就有小火炉的暖香，烘烘的木屑的气味，整间屋子地弥漫着，然而我们真的要睡了。

有一阵子，我母亲很为他们忧虑，她说，这一对露水夫妻，好成这样子，总得有个结果吧？然而他们却不像有"结果"的样子，看上去，他们是把一天当作一生来过的，所以很沉着，一点都不着急。冬天的午后，我们照例是要午睡的，这一对却坐在门洞里，男人在削竹片，女人搬个矮凳坐在他身后，她把毛线团高高地举起来，逗猫玩。猫爬到她身上去了，她跳起来，一路小跑着，且回头"喵喵"地叫唤着，笑着。

这时候，她身上的孩子气就出来了，非常生动的，俏皮的，像一个可爱的姑娘。她年纪并不大，顶多有二十七八岁吧。有时候她把眼睛抬一抬，眼风里是有那么一点活泼的东西的。——背着许多人，她在大老郑面前，未尝就不是个活色生香的女人。

逢着这时候，大老郑是会笑的，他看她的眼神很奇怪，是一个男人对女人的，又是一个长者对孩子的，他说，你就不能安静会儿。

她重新踅回来坐在他身后，或许是拿手指戳了戳他的腰，他回过头来笑道，你干什么？她说，没干什么。他们不时地总要打量上几眼，笑笑，不说什么，又埋头干活了。看得多了，她就会说，你傻不傻？大老郑笑道，傻。

这时候，轮着他做小孩子了，她像个长者。

三

第二年开春，院子里来了一个男人。这男人大约有四十岁吧，一身乡下人的打扮，穿着藏青裤子，解放鞋。许是早春时节，天嫌冷了些，他的对襟棉袄还未脱身，袖口又短，穿在身上使他整个人变得寒缩、紧张。

按说，我们也算是见过一些乡下人的，有的甚至比他穿得还要随便、不讲究的，但没有像他这样邋遢、落伍的……他又是一副浑然无知的样子，看上去既愚钝又迂腐，像对一切都要服从，都能妥协似的。那些年，我们这里的乡下人也多有活络的，部分时髦人物甚至胆敢到城里来做买卖的，开口闭口就谈钱、经济、回扣，十足见过世面的样子。可这个男人不是，看得出来，他是属于土地的，他固守在那里，摆弄摆弄庄稼……这大概是他第一次进城吧？

他像是要找人的样子，有点怯生生的，先是站在我家院门外略张了张，待进不进的。手里又攥着一张皱巴巴的纸条，不时地朝门牌上对照着。那天是星期天，院子里没什么人，吃完了午饭，大老郑携女人逛街去了，其余的人，或有出去办事的，到澡堂洗澡的，串门的……因此只剩下我和母亲在太阳底下闲坐着，老四和我弟弟伏在地上打玻璃球。

这时候，我们就看见了他，生涩地笑着，瑟缩而谦卑，仿佛怕得罪谁似的。我母亲勾头问道，你找谁？他低下头，微微弯着身子，把手抄进衣袖里说道，我来找我的女人。我母亲说，你女人叫什么？并向他招招手，他满怀感激地就进来了，轻声说了一个名字，我母亲扭头看了我一眼，噢了一声。

他要找的是大老郑的女人，这就是说，他是女人的前夫了？

我们再也不会想到，这辈子会见到女人的前夫，因此都细细地打量起他来。他长得还算结实，一张红膛脸，五官怕比大老郑还要精致些，只是肤质粗糙，明显能看出风吹日晒的痕迹，那痕迹里有尘土、暴阳、田间劳作的种种辛苦……也不知为什么，这乡下人身上的辛苦是如此多而且沉重，仿佛我们就看见似的，其实也没有。

他一个人站在我家的院子里，孤零零的，显得那样的小，而且苍茫。春天的太阳底下，我们吃饱了饭，温暖、麻木、昏沉，然而看见他，心却一凛，陡地醒过来了。我母亲说，要么，你就等等？他笑笑。我母亲示意我进屋搬个凳子出来，等我把凳子搬出来时，他已贴着墙壁蹲下了，从怀里取出烟斗，在水泥地上磕了磕。

毋庸讳言，我们对他是有一点好奇的。就比如说，我们不知道他为什么来找女人，是想重修旧好吗？他们现在还有密切的联系吗？他们又是怎么离的婚？我们对女人是一点都不了解的，只知道她的好，他也是好的……可是两个好人，怎么就不能安安生生地过日子呢？

起先，他是很拘谨的，不太说什么。可是也就一袋烟的工夫，他就和我母亲聊上了。原来，他是极爱说话的，他说话的时候有一种沉稳又活泼的声色，使我们稍稍有些惊诧，又觉得他是可爱的。他说起田里的收成，他家的一头母猪和五头小猪，屋后的树……总之加起来，扣除税和村上的提留，他一年也能挣个几百块钱呢！——不过，他又叹道，也没用处，这几百块钱得分开八瓣子用，买化肥和农药，孩子的书学费，他寡母的医药费……所以，手里不但落不下什么钱，反倒欠了些债。

我母亲说，这如何是好呢？

他没有答话，把手伸进腋窝里挠了几下，拿出来嗅嗅，就又说起他们村上有两家万元户的，他们凭什么？不就因着手里有点余钱，承包个果园、鱼塘……他哼了一声，看得出有点不屑了。他们丢了田，他咕哝道，天要罚的。他说这话时有一种平静的声气，很忧伤，而且悲苦。

我母亲打趣道，依我看，你要解放思想，那田不种也罢。

他打量了我母亲一眼，瓮声瓮气说道，种田好。

我母亲笑道，怎么好了？种田你就当不上万元户。

他的脸都涨红了，急忙申辩道，种田踏实。自从盘古开天以来，哪有农民不种田的，你倒跟我说说！也就是这些年——可这些年怎么了，他一下子又说不出来了——再说，我不当万元户，也照样有饭吃，有衣穿，也能住上新瓦房。不过——他想了想，把手肘压在膝盖上，突然羞涩地笑了。他承认道，造瓦房的钱主要是女人的，她在城里当干部，每月总能挣个三四百，够得上他半年的收入了。

我们都愣了一下，我母亲疑惑道，当干部？当什么干部？我一个月都挣不了三四百，问问这城里，除了做生意的——再说，不是离婚了吗？

离婚？他扶着膝盖站起来了，睁大眼睛说道，你听谁说的？

看他那眉目神情，我们都有点明白了，也许……我们应该怀疑了，什么地方出问题了，我们被蒙蔽了。他不是女人的前夫，他是她的男人。我母亲朝我努努嘴，示意我把老四和弟弟领到院外去，她又笑道，瞧我说的这是哪门子胡话，因不常见着你，小章又一个人住，就以为你们是离了婚的。

男人委屈地叫道，她不让我来呀。再说了，家前屋后的也离不开人，要不是细伢子的书学费……这不，都欠了一个月了。老师下最后通牒了，说是再不交就甭上学了。也是赶巧了，那天二顺子进城，在这门口看见了她，要不我哪儿找她去？

他絮絮地说着，抱怨起这些年他的生活，又当爹又当妈的，家也不像家了；但凡手里宽绰些，他也不会放她出来。当什么干部？——他哧的一声笑了，我还不知道她那点能耐？双手捧不动四两的，也就混在棉织厂，当个临时组长罢了。

我和母亲面面相觑。面粉厂，棉织厂，人民剧场卖葵花子……这么一说，都是假的了。我母亲且不敢声张，又拐弯抹角地问了他一些别的。总之，事情渐趋明朗了，它被撕开了面纱，朝我们最不愿意看到的那个方向转弯了。

男人一说竟滑了嘴，收不住。那天晌午，我们耳旁嗡嗡的全是他的声音。那是怎样的声音啊……一说起他的婆娘，他显得那样的啰唆，亲切而且忧伤。他时常想她吗？夜深人静的时候，他是否常常就醒过来，看窗格子外的一轮月亮。一天中难得有这样的时刻，能静下来想点事情吧？白天下田劳作，晚上锅前灶后地忙碌，一年年地，他侍候老母，抚养幼子……这简直要了他的命！他的女人在哪儿？

这当儿，她也睡了吧？ 一想起她在床上的熊样子，他就想笑。 想得要命。 她是顾家的，哪次回来没给他捎上好的烟叶，给儿子买各式玩具，给婆婆带几样药品？ 可他不如意，也不知为什么，有时简直想哭。 他就想着，等日子好了，他要把她接回来，安排她做分内的事，让家里重新燃起油烟气。

啊，让家里燃起油烟气。 那一刻，他坐在正午的太阳底下，慢慢地眯起了眼睛。

他停顿了一下，许是说累了，不愿再说下去了。 在那空旷的正午，满地白金的太阳影子，我家的院子突然变得大了，听不到一点声音，人身上要出汗了。 ——再也没有比这更寂寞、荒凉的一瞬间，我们一点点地沉了下去，在太阳地里坐得久了，猛地抬起头来，阳光变成黑色的了。

丈夫最终没能等来他的女人，他兴高采烈地回去了。 他知道，隔几天他的女人就会把工资如数上交，他要用这笔钱给细伢子交书学费。 他又从门洞里拖出半袋米，托我们转交，说，这是好米，在城里能卖不少的价钱呢，留着她吃吧；我们在家里的，能省些则省些。

女人是在晚上才回的家，她跟在大老郑的后头，手里提着大包小包的。 我母亲趋前问道，都买了什么？ 大老郑笑道，随便给她买了些衣服。 女人立在床头，把东西一样样地抖出来，皮鞋，衣裙……又把一件衣料放在膀子上比试一

下，问我母亲道，也不知好看不好看？ 我就嫌它太花哨了，
都是他主张要买。 大老郑笑道，这几样当中，我就看中这一
件，花色好，穿上去人会显得俏丽。

平心而论，女人的做派和先前没什么两样，可是我们都
看出一些别的来了。 就比如说她是细长眼睛，大老郑说话的
当儿，她把眼睛稍稍往上一抬，慢慢的，又像是不经意
的……反正我是怎么也描述不出来，学不出来的。 ——就这
么一抬，我母亲拿手肘抵抵我，耳语道，真像。

原来，我母亲早就听人说过，我们城里有两类卖春的妇
女，说起来这都是广州发廊以后的事了。 就有一次，有人指
着沿街走过的一个女子，告诉她说这是做"那营生"的。 那
真是天仙似的一个人物，我母亲后来说，年轻且不论，光那
打扮我们城里就没见过。 我母亲问道，不是本地人吧？ 那
人淡淡笑道，哪有本地人在本地做生意的？ 她们敢吗？ 人
有脸，树有皮，再不济也得给亲戚朋友留点颜面，万一做到
兄弟、叔伯身上怎么办？

还有一类倒真是我们本地人，像大老郑的女人，操的是
半良半娼的职业。 对于类似的说法，我母亲一向是不信的，
以为是谣言，她的理由是，良就是良，娼就是娼，哪有两边
都沾着的？ 殊不知，这一类的妇女在我们小城竟是有一些
的，她们大多是乡下人，又都结过婚，有家室，因此不愿背
井离乡。

这类妇女做的多是外地人的生意，她们原本良善，或因

家境贫寒，在乡下又手不缚鸡，吃不了苦，耐不了劳；或有是贪图富贵享乐的；也有因家庭不和而离家出走的……凡此种种，不一而足。 她们找的多是一些未带家眷的生意人，手里总还有点钱，又老实持重，不寒碜，长得又过得去，天长日久，渐渐生了情意，恋爱上了。

她们用一个妇人该有的细心、整洁和勤快，慰藉这些身在异乡的游子，给他们洗衣做饭，陪他们说话；在他们愁苦的时候，给他们安慰，逗他们开心，替他们出谋划策；在他们想女人的时候，给他们身体；想家的时候，给他们制造一个临时的安乐窝……她们几乎是全方位的付出，而这，不过是一个妇人性情里该有的，于她们是本色。 她们于其中虽是得了报酬的，却也是两情相悦的。

若是脾性合不来的，那自然很快分手了，丝毫不觉得可惜；若是感情好的，那男人最终又要回去的，难免就有麻烦了，总会痛哭几场，缱绻难分，互留了信物，相约日后再见的，不过真走了，也慢慢好了，人总得活下去吧？ 隔一些日子，待感情慢慢地平淡了，她们就又相中了一个男子，和他一起过日子去了。

做这一路营生的妇人，多是由媒人介绍来的，据说和一般的相亲没什么两样，看上两眼，互相满意了，就随主顾一起走了。 而这一类的妇人，天性里有一些东西是异于常人的，就比如说，她们多情，很容易就怜惜了一个男子；她们或许是念旧的，但绝不痴情。 她们是能生生不息、换不同男子爱着的……或许，这不是职业习性造就的，而是天性。

和我们一样，她们也瞧不起娼妓，大老郑的女人就说过，那多脏，多下流呀！而且，也不卫生。她咔咔地笑起来，那是早些时候，她的"前夫"还未出现。她们和娼妓相比，自然是有区别的，和一般妇女比呢，就有点说不清楚了。照我看来，唯一的区别就在于，在通过恋爱或婚嫁改善境遇方面，她们是说在明处的，而普通妇女是做在暗处的。因此，她们是更爽利、坦白的一类人，值不值得尊敬是另一说了。

我们家对过，有一户姓冯人家的老太太，我们都唤作冯奶奶的，最是个开朗通达的人物。长得又好，皮肤白，头发也白，夏天若是穿上一身白府绸衣褂，真是跟雪人一般。这老太太是颇有点见识的，大概是她儿子在监察局做局长、女儿在人民医院做护士长的缘故吧，她说起天文地理来，那是能让人震一震的。她常常是坐在自家门口剥毛豆米，隔着一条马路就朝我奶奶喊过来，你家今天吃什么？两个老太太一递一声地说着话，末了她端着一个竹筐子，一路颠颠地就跑过来了。看见我，就笑道，阿大下学堂了？看见我弟弟，就说，小二子，今天挨没挨先生批？她是很得人缘的一个，凡是认识她的没有不尊敬她的。她的风流事在我们这一带是传遍了的，年轻时因男人跑台湾，单单丢下她娘儿三个，两张嗷嗷待哺的嘴，怎么活呀？就找相好呗，也不知找了多少个，才把这两个孩子拉扯大，出息了，成家了。倘若有人给她做媒,她大凡是回绝的,说的是,她男人一天不死,她就要等他回来。有人背地里取笑她,这叫什么等?比她男人在时还快活。无论如何,她是抚养了两个孩子,不是含辛茹苦,而是快快乐乐。

我们无论如何也说不清,在大老郑的女人和冯奶奶之间,到底有何不同,可是我们能谅解冯奶奶,而不能谅解大老郑的女人。我母亲很快下了逐客令,当天晚上,她就找大老郑过来摊牌了,大老郑如实招供,和我们了解的情况没什么出入,不过他说,她是个好人。我母亲通情达理地说,我知道。你也是好人,可是这跟好人坏人没关系,我们是体面人家,要面子,别的都好说,单是这方面……你不要让我太为难。

我母亲又说,你是生意人,凡事得有个分寸,别让外人把你的家底给扒光了。大老郑难堪地笑着,隔了一会儿,他搓搓手道,这个,我其实是明白的。

大老郑携女人走了,为眼不见心不烦,我母亲让他的几个兄弟也跟着一起走了。从那以后,我们再也没见过他们,也没听到过他们的任何讯息了。

这一晃,已是十五年过去了,我们也不知道,大老郑和他的女人,他们过得还好吗?他们是不是早分开了?各自回家了?在他们离开院子的最初几个年头,每到夏天我们乘凉的时候,或是冬天我们早早缩在被窝里取暖的时候,就会想起他们，那是怎样安宁淳朴的时光啊，像我们幻想中的莆田的竹林，在月光底下发出静谧的光……现在，它已经遥不可及了；或许，它压根儿就没存在过？

而这些年来，我们小城是一步步往前走着的，其中也不知发生了多少事；有一次，我父亲因想起他们，就笑道，这叫怎么说呢，卖笑能卖到这种份儿上，还搭进了一点感情，好歹是小城特色吧，也算古风未泯。 我母亲则说，也不一定，卖身就是卖身，弄到最后把感情也卖了，可见比娼妓还不如。

唉，这些事谁能说得好呢？ 我们也就私下里瞎议论罢了。

日常生活中的微光

—— 魏微的中篇小说

孟繁华

魏微的小说——特别是她的中、短篇小说,因其所能达到的思想的深刻性和艺术的疏异性,已经成为这个时代中国高端艺术的一部分。 魏微取得的成就与她的小说天分有关,更与她艺术的自觉有关——她很少重复自己的写作,她对自己艺术的变化总是怀有高远的期待。 她温婉、怀旧和略有感伤的风格,特别有林海音《城南旧事》的风韵,我非常喜欢她叙事的调子。

《家道》是近来颇受好评的小说。 许多小说都是正面写官场的升降沉浮,都是男人间的权力争斗或男女间的肉体搏斗,但《家道》却写了官场后面家属的命运。 这个与官场若即若离的关系群体,在过去是"一人得道,鸡犬升天",如果官场运气不济,宦官人家便有"家道败落"的慨叹,家道破落就是重回生活的起点。 当下社会虽然不至于克隆过去的官宦家族命运,但历史终还是断了骨头连着筋。《家道》中父亲许光明原本是一个中学教师,生活也太平。 后来因写得一手好文章,鬼使神差地当上了市委书记的秘书,官运亨通地又做了财政局长。 做了官家里便门庭若市车水马龙,母亲也彻底感受了荣华富贵的味道。 但父亲因受贿入狱,母亲便也彻底体会了"家道败落"作为"贱民"的滋味。 如果小说仅仅写了家道的荣华和败落，也没什么值得称奇。 值得注意的是，魏微在家道沉浮过程中对世道人心的展示和描摹，对当事人母亲和叙述人对世事炎凉的深切体悟和叹谓。 其间对母子关系、夫妻关系、婆媳关系、母女关系及邻里关系，或是有意或是不经意地描绘或点染，都给人一种惊雷裂石的震撼。 文字的力量在貌似平淡中如峻岭耸立。 小说对母亲荣华时的自得、败落后的自强、既有市民气又能伸能屈审时度势的性格的塑造，给人深刻的印象。 她一个人从头做起，最后又进入了"富裕阶层"。 但经历了家道起落沉浮之后的母亲，已没有当年的欣喜和得意，她甚至觉得有些"委顿"。

还值得圈点的是小说议论的段落。 比如奶奶死后，叙述者感慨道："很多年后我还在想，母子可能是世界上最奇怪的一种男女关系，那是一种可以致命的关系，深究起来，这关系的幽远深重是能叫人窒息的；相比之下，父女之间远不及这等情谊，夫妻就更别提了。"如果没有对人伦亲情关系的深刻认知，这种议论无从说起。 但有些议论就值得商榷了，落难后的母女与穷人百姓为邻，但那些穷人"从不把我们看作贪官的妻女，他们心中没有官禄的概念。 我们穷了，他们不嫌弃；我们富了，他们也不巴结奉迎；他们是把我们当作人待的。 他们从来不以道德的眼光看我们——他们是把我们当作人看了。 说到他们，我即忍不住热泪盈眶；说到他们，我甚至敢动用'人民'这个字眼！"这种议论很像早期的林道静和柔石《二月》里的陶岚，且不说有浓重的小"布尔乔亚"的味道，也透露出作家毕竟还涉世未深。

《沿河村纪事》，讲述了一个村庄在现代化过程中遭遇的问题。虽然故事与金钱、权力相关，但她戏谑的笔法使得小说趣味横生妙趣无穷。在派系林立、钩心斗角的生活中，她并不是只有愤愤不平激进的批判，而是在这样的生活中发现了一种机制能够存活的秘密。魏微曾自述说："我喜欢写日常生活，它代表了小说的细部，小说这东西，说到底还是具体的、可触摸的，所以细部的描写就显得格外重要。当然并不是所有的'日常'都能够进入我的视野，大部分的日常我可以做到视而不见，我只写我愿意看到的'日常'，那就是人物身上的诗性、丰富性、复杂性，它们通过'日常'绽放出光彩。"这就是魏微的目光和心灵所及。她看到的日常生活不是"新写实"小说中的卑微麻木，也不是"底层写作"想象的苦难。她的日常生活，艰难但温暖，低微但有尊严，尤其那古旧如小城般的色调，略有"小资"但没有造作。魏微对生活复杂性和丰富性的发现，使她的"日常"有了新的味道和体悟——她看到了日常生活中的光与影。

《大老郑的女人》是这个时代的小说名篇，曾获鲁迅文学奖。小说在生活的幽暗处、模糊地带，绽放了人性的丰富性和复杂性。大老郑和章姓女子的关系，用道德的尺度是难以理解的。章氏乡下有家口，她也同时尽着"家里人"的责任；但她与大老郑又是真心相爱，这个矛盾处，恰是小说的发现和具有文学性的微妙处。 世人可以议论，可以不屑，也可以惦念挂怀，但这都不重要，重要的是我们记住了大老郑和他的女人：他们面对世事并不惊慌而是淡然处之。 他们内心究竟怀有怎样的关于情爱、性爱的云天万里呢？ 作家在声色不动中将其隆重呈现出来，这就是文学的力量和只可意会之处。

图书在版编目（CIP）数据

家道/魏微著；孟繁华分册主编. —郑州：河南文艺出版社，
2018.8

（百年中篇小说名家经典 / 何向阳总主编）

ISBN 978-7-5559-0700-8

Ⅰ.①家… Ⅱ.①魏…②孟… Ⅲ.①中篇小说-小说集-中国-
当代 Ⅳ.①I247.5

中国版本图书馆 CIP 数据核字（2018）第 144403 号

选题策划 陈 杰 杨彦玲
责任编辑 李亚楠 书籍设计 刘运来
责任校对 陈 炜 责任印制 陈少强

家道
JIADAO

出版发行 河南文艺出版社
本社地址 郑州市鑫苑路 18 号 11 栋
邮政编码 450011
售书热线 0371-65379196
承印单位 河南瑞之光印刷股份有限公司
经销单位 新华书店
开 本 787 毫米×1092 毫米 1/32
印 张 6
字 数 100 000
版 次 2018 年 8 月第 1 版
印 次 2018 年 8 月第 1 次印刷
定 价 23.00 元

印厂地址 河南省武陟县产业集聚区东区（詹店镇）泰安路
邮政编码 454950 电话 0391-2527860